棕眼之谜

九介先生 著

重庆出版集团
重庆出版社

图书在版编目（CIP）数据

棕眼之谜 / 九介先生著. -- 重庆 : 重庆出版社, 2025. 2. -- ISBN 978-7-229-18961-7

Ⅰ. I247.5

中国国家版本馆CIP数据核字第20241RE220号

棕眼之谜
ZONGYAN ZHI MI

九介先生　著

责任编辑：彭昭智
责任校对：刘　刚
封面设计：李南江

重庆出版集团
重庆出版社 出版

重庆市南岸区南滨路162号1幢　邮政编码：400061　http://www.cqph.com
重庆友源印务有限公司印刷
重庆出版集团图书发行有限公司发行
全国新华书店经销

开本：880mm×1230mm　1/32　印张：8.625　字数：300千
2025年2月第1版　2025年2月第1次印刷
ISBN 978-7-229-18961-7
定价：45.00元

如有印装质量问题，请向本集团图书发行有限公司调换：023-61520678

版权所有　侵权必究

目 录

楔子 *001*

第一章 *015*

第二章 *045*

第三章 *067*

第四章 *083*

第五章 *103*

第六章 *131*

第七章 *167*

第八章 *199*

第九章 *225*

尾声 *255*

楔子

棕眼，是陶瓷烧制过程中，因釉料不匀或温度变化，产生的不到一毫米的凹洞。对于整件瓷器来说，棕眼微不足道，可棕眼一旦出现，无论别的部分有多完美，整件瓷器便会被判定为次品。

次品的命运，是被打碎淘汰……

王文雅26岁时，经母亲的朋友介绍，相亲认识了30岁的杨正辉。

杨正辉在a大学当讲师，教授古代历史课程，收入尚可，样貌也算端正。第一次相亲后，王文雅对他印象很好，尝试着继续交往。之后，很快他们成了恋人。

认识的第二年春天，两人结了婚。

结婚前，杨正辉在城南买了一套商品房，写上了两人的名字。新房装修需要时间，装修完又不宜直接入住，两人结婚后的半年里，都蜗居在杨正辉租住的一居室的公寓里。直到夏天，才开始着手搬家工作。

棕眼之谜

平常不觉得,一到搬家时,才发现家里的东西比想象的更多。扔掉不需要的,整理好要带走的,前前后后花去好几个周末都还没有整理完。

"书柜里的东西,我自己来整理吧。"刚开始整理的时候,杨正辉就这样交代妻子王文雅,"因为东西太多了,我怕搞乱搞丢了。"

作为一个大学老师,他那半封闭的书柜里堆满了各种各样的专业书籍,密密麻麻、层层叠叠地堆积着,王文雅第一次踏足这间公寓时,就被那幅景象震撼住了。

"好,那你需要我帮忙的话叫我。"

作为一个温柔的妻子,在婚姻中,王文雅总是支持丈夫的决定。

于是,在打包行李的过程中,王文雅一直没有靠近过那个书柜,都是由杨正辉自己找来纸箱,一本一本将书打包收集好。不过,他的动作实在有些慢,平常工作又忙,整理行李的几个周末间,那个书柜里的书几乎没减少多少。

八月的某个周六,实在看不下去的王文雅,趁着丈夫外出的时候,找来丈夫没用完的纸箱,把书柜里的书全部搬到了箱子里去。她仅仅用了一个下午便完成了这些事。

接着,她打开书柜的下层,下层是木板制成的柜门,平常很少打开。一股霉旧的气味从柜子里传出。柜子里有几个纸箱,很沉,她逐个拿出,发现里面也都是书。

直到她拿出最后一个位于最里侧的纸箱,和前几个相比,轻了许多。而且,其他纸箱都是敞开的,这个纸箱却用透明胶带牢牢地封着。掂了掂,里面传出碰撞声,好像是有什么东西。

没有多想,王文雅找了一把剪子,将胶带剪开,翻开盖子一看,更觉得奇怪,里面放着乱七八糟的杂物。

之所以奇怪,是因为丈夫是一个十分有条理的人。比如,换下来的衣物,他会要求自己按照颜色区分开洗;平常用的东西,也总是按用途和功能,规整在一起。像这样将东西混乱地堆放在某个箱子里,和他的习惯是相违的。

仔细一看,箱子里装的东西同样令人费解。

最上面是一个青花瓷盘,上面画着穿古装的人像,像是唐代的仕女图,但线条乱七八糟,画得很拙劣。盘子的下方,是两瓶过期的洗发水、一支牙刷、一条发黄的毛巾。

再往里翻,王文雅吓了一跳。箱子最下面,是几件女人的内衣。浅粉色的,浅蓝色的,还有镶着蕾丝边的款式。

为什么会有这种东西?

王文雅愣了愣神。随即反应过来,这个箱子,或许才是先前丈夫不让自己收拾书柜的原因。

书柜里,藏着丈夫的秘密,藏着某个女人留下的痕迹。

王文雅将那个箱子合上,打算原封不动地重新贴上胶带,放回它本来的位置。她是一个聪明的女人,她明白这种时候更应该冷静、不动声色。

还没来得及完成这个动作,门口便传来钥匙转动的声音,外出的丈夫开门进来了。

这间一居室公寓是南北朝向,一进屋便能望见被当做书房用的客厅。书柜前王文雅的动作被进门来的杨正辉看得一清二楚。

"我不是说书柜让我来收拾吗?"杨正辉走上前来。说话的语气还是平常的样子,但声调却高了几分。王文雅感觉丈夫很着急,并且在压抑着怒火。这绝不是她多心,因为丈夫连鞋子都没有换,便直奔自己而来。

"我看你太忙了,就帮你整理一下嘛。"

"你……"

杨正辉没有说出后半句话,他的视线注意到王文雅面前的箱子,箱

棕眼之谜

子口那撕开的胶带想必很是惹眼。

他的脸色更难看了。不过,他依然没表示什么,或许是觉得自己理亏,反而说道:"你不要管这里了,去做饭吧,我饿了。"

"哦。"王文雅也只好顺着他的话茬,起身去厨房里忙活。

那一天晚上,王文雅照旧做了一桌菜,这也是丈夫的要求。丈夫曾说,周末的晚上,是对辛苦工作一周的犒劳,应当慎重对待。这种时候,也是两人聊天谈心的时候。两人总是一起看一部电影,不紧不慢吃着晚餐。

可是,那天的饭桌上,两人一句话都没有说。微妙的沉默流动在昏黄的光线下。很明显,这都是因为那个箱子。

夜里,王文雅第一次失眠。夏天夜晚闷热,卧室没有开空调,王文雅和丈夫背对着,中间隔着十来公分的距离。王文雅翻了个身,看着早已熟睡的丈夫的后背,月色中,丈夫穿着薄睡衣,本来熟悉的轮廓竟有了一种陌生感。

丈夫作为一个三十岁才相亲结婚的男人,之前有过恋爱经历也不是什么稀奇的事,这些王文雅没有过问,她不在乎。但她想不明白,丈夫为什么要留下那些东西呢?

在杨正辉之前,王文雅也交往过一个同龄男朋友,不过,对方的幼稚和低情商伤透了她的心,分手之际,她将对方送的所有东西都归还,对方留下的东西也都销毁了。丈夫还留着那些东西,无非,是对那个过去的女人还心存眷念吧。想到这一点,王文雅心头涌起一阵酸涩。

那之后,王文雅没有去碰书柜里的任何东西,也没有同杨正辉提及有关箱子的话题。他们按照计划搬到了城南的新家。

新家是三居室,丈夫终于有了敞亮的书房,书房定做了更大的整面墙的书柜,同样是上半截玻璃门、下半截木门的款式。王文雅知道,那个装着杂物的箱子,应该是又被丈夫藏进了新的书柜里。

可丈夫要保留那些东西到什么时候呢？

每每经过书房，想到那个角落里，还存在着另外一个女人的东西，王文雅的心头就有股说不出的憋闷。连带着，她觉得整个书房，甚至整个新家都笼罩在另一个女人的阴影下。

忍受不住的她想跟丈夫说个明白，让丈夫丢掉那些东西，却又找不到机会开口。终于，某个星期天，丈夫一早外出去买菜，她想到了办法。

她想起那个箱子里有一个画着青花仕女图的瓷盘，便将那个盘子偷偷拿了出来，放到厨房的碗柜里。她打算故意让丈夫看到盘子，借以提起话题，捅破和丈夫间的窗户纸。

瓷盘放进碗柜十分钟后，大门响起门铃声。怎么这么快就回来了？王文雅稍感诧异，装作若无其事前去开门。

"怎么？是忘记带钥匙啦？"她一边开门一边说。

门外的人没有回答，只用一双锐利的眼睛盯着她。不是丈夫，是一个高个子的男人，穿着浅灰色的T恤衫，皮肤黝黑，一下子看不出年龄。

"请问这里是杨正辉先生的家吗？"男人开口问，他的声音低哑厚重。

"是，你是……"

"我是杨正辉先生的朋友，他在家吗？"

"朋友？"

丈夫的朋友她大概都认识，印象中，并没有这样一位高个黑脸的男人。再者，他们才刚搬过来，知道这个新住址的人不多。

王文雅下意识地警惕起来："他不在，出去了。"

"方便的话，我可以进去等他吗？"

对方似乎不见到丈夫不肯罢休。可随便就让一个陌生男人进屋，王文雅觉得不妥，她想了想，说道："你稍等吧，我给他打个电话。"

门外的男人点点头,礼貌地没有挪动步子。王文雅用手机拨通了丈夫的号码,告诉丈夫,家里来了客人。

"客人?"电话中,丈夫也很意外。

"对……他说想进屋来等你……"王文雅对着听筒应道,这才想起,还没有询问男人的名字。

"我叫李德。"男人像是看穿了王文雅,主动向门内的王文雅报上姓名。

"他说他叫李德。"

电话那头是一阵突然的沉默。

"喂?喂?"听不见丈夫回应的王文雅叫了两声。

"行,你让他进去吧,我马上回去。"

丈夫匆匆挂断了电话。

王文雅请名叫李德的男人进了屋,为他准备了些茶点。作为一位客人,他过分安静,既没有同王文雅寒暄,也没有询问杨正辉去干吗了,只是沉默地坐在沙发上,盯着电视屏幕。电视上在放某个热播的连续剧。

王文雅想同他搭讪几句,却被他身上这股沉默的气质吓退。好在,尴尬的氛围只持续了十来分钟,杨正辉回来了。

他双手都空着,菜也没买,明显是接到那个电话就立刻赶了回来。

李德见杨正辉进门,立刻站起来,对他说:"好久不见,杨先生。"

"好久不见,李警官。"杨正辉回应他。语气少见地冷淡。

一旁的王文雅不解地看着两人,比起杨正辉的反常,杨正辉称呼李德为"警官"这一点,更让王文雅惊讶。

"跟你介绍一下,这位是'黑猫警长',十允市来的李德先生。"杨正辉对王文雅解释。

"黑猫警长?"

"他家里有只黑猫,又是个警察。所以人家给他起了这个外号。"①

王文雅听得云里雾里。

"我刚才回来得急,忘了买菜,你出去买吧。"

杨正辉没有作出更多解释,反而试图将王文雅支开。

王文雅识趣地答应,走到门边,换鞋出门。关上门的一刹那,她听见丈夫用不太客气的语气跟李德说:"你怎么知道我住哪儿的?哦,对,你是个警察,想知道我住哪儿还不是分分钟的事……"

还没走出小区门,王文雅的脑子里已满是疑惑。

丈夫是一个普通的大学老师,既不擅交际也不善言辞,怎么会和警察扯上关系呢?况且对方还是从十允市来的警察。

十允市距离他们居住的这座城市草容市,有两百多公里的距离。一个外地来的警察,为什么会出现在自家门口?丈夫又为什么会用那样不客气的口气跟他说话呢?

疑惑归疑惑,王文雅还是按照丈夫的要求买好了菜,甚至连李德的份儿也一起准备了。再回到家时,已是一个小时后。

她用钥匙打开门,客厅里只有杨正辉一个人坐着。

"客人已经走了吗?"王文雅将菜放在玄关的柜子上,一边换鞋一边问。

杨正辉好像没有听见。

"老公?老公?"王文雅连着叫了杨正辉两声。

"哦,对,他走了。"

"这么快就走了?"

"嗯。"

---

① 详见《玄猫的报恩》。

棕 眼 之 谜

依然没有任何解释。

王文雅看见杨正辉脸色很不对劲，他的眼眶泛着不自然的红色。

实在是太奇怪了。正想着，杨正辉站起了身，拿着杯子往厨房去，大约是要去接水喝。王文雅抿了抿嘴唇，也拎着菜往厨房去。

一走进去，却发现丈夫站在碗柜前，低着头，黑着脸。

他的眼睛，一动不动地盯着碗柜最外围，王文雅先前故意放在那儿的青花瓷盘——另一个女人的盘子。

王文雅直觉不太妙，杨正辉的情绪很不对劲。

"你又动我书柜里的东西了？"果然，他冷冷地转过脸来问道，"你又动那个箱子了？"

"我……"

"我不是说让你不要碰那里面的东西吗！"杨正辉毫无征兆地吼了起来。王文雅被杨正辉的样子吓到了，她从未见过杨正辉如此激动。

"这个盘子……你为什么要拿出来？"

"我怎么就不能拿出来了？我是你老婆，我为什么不能帮你整理东西？"王文雅感到憋屈，大声顶了回去。她不能理解丈夫为什么要生气，留着另一个女人的东西这种事，怎么想都是丈夫的不对。

"这是你前女友留下的东西吧？还有那个箱子里的那些东西，你现在都是结了婚的人了，还留着那种东西干吗？"王文雅索性跟杨正辉说清楚，这也是她原本的打算。

"我留不留是我的自由！"只是没想到杨正辉的反应会这么大。

"你以后别乱动我的东西！"

杨正辉说完这话，放下手里的水杯，怒气冲冲地出了厨房。紧接着，王文雅听见一阵大门开启又关闭的碰撞声。丈夫竟然负气摔门而去了。

简直是莫名其妙！王文雅走出厨房，看着空荡的客厅如此想。明明错的人是丈夫,他却比自己还凶。王文雅越想越生气,她一屁股坐到沙发上,盯着大门的方向,感觉胸中涌动着此起彼伏的火气。自结婚以来,她还是第一次有这种感觉。

王文雅独自在家待到傍晚,看了一下午的电视剧,因为生丈夫的气,她没有打电话问丈夫到底去哪儿了。她认为是丈夫有错在先,就算要冷战,也应该是丈夫先求和。

但女人的心思总是变来变去,天快黑时,她还是按捺不住,给杨正辉拨了电话。

"嘟——嘟——嘟——"没有人接。或许是杨正辉不想接。

王文雅挂断通话。这时的她已经冷静下来,她才意识到,平日里性格温和的杨正辉突然如此生气——这件事本身就有些反常。

她又想起今天上午到家拜访的那位意外来客,和客人走后杨正辉眼角的那一抹红色。或许杨正辉的情绪异常,同那位客人的到来也有关系。王文雅隐约有这种直觉。

这时,手机振动起来,拿起一看,是杨正辉的回电。王文雅按下接听键,心想终归是要过日子的,还是好言同丈夫和解比较好。

还没来得及开口,听筒里却传出一个陌生的声音:"请问是杨正辉先生的太太吗?"

"欸?是……"

"这里是草容市止矢区交警大队,您先生出车祸了……"

"什么?"王文雅不敢相信自己听到的话,她甚至怀疑是不是接到了骗子电话,她又看了下手机屏幕,的确是杨正辉的号码。

"他的情况有些严重,现在在 h 医院抢救……"听筒那边继续传来陌生的声音。

晚上八点，王文雅火急火燎地赶到了 h 医院，同她碰面的是一位个子不高、脸形窄长的年轻人，正是给她拨电话的交警。

年轻的交警一边领着王文雅在迷宫一般的医院走廊里穿行，一边告诉王文雅："杨先生驾驶的汽车，在经过某条街的十字路口时，闯了红灯，和一辆大货车相撞……"

"闯了红灯？"王文雅一惊。据她所知，丈夫拿到驾照至今已有五六年，这期间连违章的次数都屈指可数，闯红灯这种事，完全不像是守规矩的丈夫会做的事。

"对，我们调了监控看，在限速40的街上，他当时车速至少有70码，经过那个路口时，也完全没有要刹车的意思，这才和左侧驶来的大货车撞上了……"年轻交警继续解释，"杨先生的那辆车，车头完全被撞毁，他本人伤到了头，当场就昏迷了……"

"这是什么时候的事？我是说，车祸具体是什么时候发生的？"

"是今天下午三点。人送到医院来时，已经四点了。"

下午三点……也就是说，丈夫和自己吵架后，负气出走，是开着车外出了。他离开家时是上午11点左右，中间这几个小时，不知道去了哪里，然后在那条街发生了车祸。

"好在他身上有身份证和手机。不过手机也被撞坏了，我们是将他手机里的 sim 卡拔出来，从卡上的联系人，找到你的……"

年轻警察还在解释事情的来龙去脉，但王文雅已经听不进去了。她感觉自己双耳旁有挥之不去的阵阵轰鸣声。连带着，整个世界都好像在旋转。

"太太，太太……"见王文雅失了魂、站也站不稳的模样，年轻交警赶紧扶住她。

"我……我老公……那我老公他……"

"他的伤在头部……医生说,只要他能醒过来,就代表脱离危险了。不过……"

"他还没有醒……是吧?"王文雅的声音不自觉地嘶哑了。

年轻的交警点点头。

已经四个小时了。王文雅在心里默念着,从丈夫被送到医院到现在,已经四个小时了,他还没有醒。

随着王文雅急切的步子,她的眼泪止不住地倾泻而下。

王文雅在医院里守了丈夫一夜。到第二天早上,杨正辉依然昏迷着。

加护病房里,一夜未眠的王文雅青黑着眼圈,盯着病床上的杨正辉,杨正辉戴着氧气面罩,双眼紧闭,看上去好像只是睡着了。他身上连接着各种管子,监控心跳的仪器发出规律的"嘟嘟"声。

一位早上查房的中年护士经过,看见王文雅这副模样,走进来劝说道:"太太,您还是回去休息一下吧。听说您一晚上没睡,这样可不是办法啊。"

护士是以一个医务工作者的经验相劝。很明显,杨正辉这样的情况,是与死神作斗争的持久战,可参战的人不仅只有病人,还有他们的家属。

护士的话提醒了王文雅,她终于意识到,自己应该要回家去一趟,收拾一些东西。还有杨正辉的父母那边,也需要通知,包括他工作的a大学……还有很多事情需要自己去做。

王文雅整顿心情,在中午时回了一趟家,连续十几个小时没有休息,她的脑袋发晕得厉害,还觉得这一切如幻梦般不真实。

她躺倒在沙发上,想小睡一会儿,刚睡着没多久又被腹中的饥饿感弄醒。她站起来,走到厨房,打开冰箱门,从里面拿了两片冰凉的吐司面包,啃了起来。

视线一转,又落到了一旁开启的碗柜上。那个画着青花仕女图纹样

011

的盘子还在里面,厨房的采光不太好,但那个盘子依然很刺眼。

王文雅叹了口气,走过去将碗柜门合上。她回到客厅,给杨正辉工作的a大学那边打了电话,替杨正辉请假,又给远在外省的公公婆婆打电话,告知他们这件事。

"什么?昏迷了?昏迷多久了?什么时候能醒?"电话中,和王文雅一样焦急的杨正辉母亲也问了这个问题。

"这个……已经一天了,不过,医生说没什么大碍……"王文雅向婆婆说了谎。她无法告诉年事已高的婆婆杨正辉的真实情况,也无法说出她心中的那个担忧——如果,杨正辉一直醒不过来,怎么办?

一直到下午四点半,带了一些洗漱用品和换洗衣物的王文雅再度回到医院。她拎着一袋子东西,穿过医院里来往着的医护人员和病患,心事重重地往杨正辉的病房去,走到房门边时,刚好和一个人撞了个满怀。

"呀,对不起。"王文雅下意识地道歉,一抬头,却脸色一变。

她撞到的人,从病房里出来的人,不是别人,正是昨天上午来过家里的那位意外的客人——"黑猫警长"李德。

"啊,是您啊。"李德也很意外。

"李警官,您怎么会……"王文雅想问他怎么会来这里,或者说,他怎么会知道杨正辉出车祸了。但话说到一半,她意识到,对方是个警察,或许在他们警察内部有什么渠道,信息是互通的。

"是这样,昨天下午,正辉来草容一分局找过我。"李德明显是看穿了王文雅的疑惑,"不过,当时我不在,后来是我的朋友告诉我这件事……"

"昨天下午?"

也就是杨正辉负气摔门而去之后了。那么,当时丈夫是去找李德了?

"对,因为我告诉他,我这两天暂时都待在草容一分局,所以他才会去那儿找我吧。如果我没猜错,他出车祸,就是在没见到我、离开返回的路上……"

王文雅想起,交警说的出事地点,的确是在草容一分局附近。

"他为什么……会去找你呢?你们不是上午才刚碰过面吗?"

"这个……我也不清楚。"李德含糊地回应。又询问了杨正辉的情况,同王文雅寒暄两句后,他提出告辞,走掉了。

王文雅拎着东西走进病房,坐到病床旁的凳子上,盯着丈夫身上连接着的仪器,坐了还不到半分钟,越想越觉得不对劲。

很明显,昨天杨正辉的情绪失控,正是因为李德上午的来访。和自己吵架出门后,也是因为去找李德没有找到,才在归途中发生了车祸。

李德作为一个外地警察,千里迢迢来找丈夫,一定是有什么缘由的,听杨正辉昨天那种说话的口气,两人也不像是为了叙旧而见面。

一定是李德跟杨正辉说了什么,他说的事情,扰乱了杨正辉的心。

王文雅认为应该弄清楚这些,她立刻站起来,往病房外去追李德。

李德走得很快,王文雅一直追到医院的大门处,才看到那个高大的背影。"李警官!"王文雅大喊了一声,朝那个背影加速跑去。

听见声音的李德转过身来,面对王文雅的追赶,他似乎并不感到意外,他停下步子,站在原地等王文雅。

天气炎热,这一阵小跑已让王文雅圆润的脸上汗淋淋,她喘着气,来到李德面前,问道:"李警官,我想……我想问你,昨天,究竟是为什么事来找我老公?"

李德沉默了。

"一定是有什么原因的吧?你不是无缘无故去找他,也不是来跟他叙旧的吧?"

李德的眼皮垂了垂,似乎在思考该怎样回答她。

棕眼之谜

"你昨天走之后,他的情绪就很不对劲,我感觉,你们有什么事情瞒着我!"王文雅大声质问。

"是我走之后吗?"李德反问了一句。

王文雅看见他脸上没有表情,但眼睛好像眯了一下,显得更加锐利了。这样的神色,确实像是一个警察应有的。

"对。你走之后,他跟我吵了架,但是,我觉得他只是在借故发气,因为我们吵架的原因……是一件很小的事,我拿了一个他不喜欢的盘子出来用,他就特别激动……"

"盘子?"李德打断她,"该不会……是一个画着青花仕女图的瓷盘吧?"

"欸?"王文雅一愣。他怎么会知道?

"看来我猜对了……"王文雅听见他呢喃了一句。

至此,王文雅心中有了一种微妙的直觉——李德认识那个盘子的主人。

"这件事情,说来话长。"李德叹了口气,"那个盘子的背后,有一场很奇特的谋杀案……正辉他,和那个案子有关系。"

"什么?"王文雅怀疑是自己听错了。谋杀案?自己的丈夫和谋杀案有关系?

"不如,我们去那边坐坐吧。"李德没回答,而是抬手指了一个方向。人潮涌动着的医院大门外,是一条双向车道的小街,街角有一间咖啡馆。

王文雅点了点头,跟着李德,往咖啡馆的方向走去。

第一章

辞职信

馆长：

感谢您这几年的照顾，写这封信是为了向您请辞。

在 r 博物馆工作的这几年，我收获良多，结交了善良的同事们，也遇到了像您这样体恤关心下属的上级，我感到非常幸运，不过，现在，已然是到了我与你们说再见的时刻。

想必，我请辞的原因，您多少也猜到一些。事情的原委，我从未同您详述过，借着这封信的契机，容我在此赘述。

其实整件事，还是与我两年前失踪到现在依然下落不明的未婚妻有关。

我的未婚妻名叫刘薇，同我是在学生时代认识的，她比我低两个年级，我们在一次学生活动上相遇。她是一个性格阳光大胆的女孩子，初识的时候，是她主动来同我搭话的，互留了联系方式后，她时不时会请教我一些学业上的问题。对此我并未有特别的感觉，直到一个初夏的夜晚，她同我表了白，主动说起喜欢我。

我从未想过，我这样木讷的性格也会有女孩子喜欢，而且还是那么漂亮的女孩子。我又惊又喜，对于她说要不要交往看看的提议，想也不想便点头答应了。

可实际上，我并不是个合格的恋人。

我们在一起时，我已经临近毕业，忙着找工作、租房等初入社会的一套琐事。我对她疏于关心，很少过问她的事，甚至从未送过她任何礼物，连出去吃饭、看电影的次数都屈指可数。当然，这同我出身贫寒，家境不太好也有关系。

我们的恋情一直持续到她大学毕业，有一个春天的傍晚，我们一起走在路上时，她同我说起了结婚的话题，我那时已经来到 r 博物馆了，事业上也相对稳定，于是几天后，我去买了一对便宜的银戒指，向她求了婚。她激动得落泪，幸福地拥抱了我。

我们就那样订立了婚约，如果她没有失踪的话，那一年的年底，我们就会结婚。

她失踪的时候是冬天，我还记得日子，是 11 月 22 号，农历的小雪。

失踪的前一天，她来到我租住的一居室公寓为我做饭。（我们虽有婚约，但恪守礼数，没有住在一起，只是周末她会来过夜。）一切似乎都跟平常一样，除了她的情绪好像有些低落。

她做了一桌子饭菜，我却没有给她丝毫夸赞和回应，甚至吃饭的时候，我还一边夹菜，一边拿着手机，同以前的同学聊着天。

或许是对我敷衍的态度感到不满,她抱怨似的说了句:"有时候,真觉得你一点都不关心我。"类似这样的话。

我当时竟然完全没有放在心上,只干瘪瘪地应了一声。现在想想,我真想给那时的自己一拳。

那顿饭快吃完后,我满不在乎地继续坐在沙发上玩手机,她收拾完碗筷后,突然坐到我旁边,打断我,说有事情要同我讲。

"明天出去吃饭吧。有一家餐厅,我朋友推荐的。"不过她没有说究竟是什么事,而是提出要外出吃饭。

"明天再跟你说。"

她留下了这样的话。说这话时,她的眼圈好像红红的。

究竟,她要跟我说什么呢?馆长,这个问题的答案或许我永远都不知道了。因为第二天,我在她说的那间餐厅门口,一直等到天黑,她都没有出现。

人间蒸发似的,我的未婚妻失踪了。

我打不通她的电话,去她工作的单位打听,去问她的父母、认识的朋友,他们都不知道她的去向。最后,只从和她合租的室友口中,得到了一句:"她一早就穿戴整齐出门了。"

可她去哪里了呢?我同她的约会是傍晚,她一早出门做什么?是去买东西吗?还是去见什么人?在她失踪后,我发疯似的想着这些问题。

我报了警,在网络上发寻人的帖子,还去晚报上登了寻人启事,只可惜,这些都是徒劳无功。我没能找到她。

我从警察的口中得知,失踪满四年,便会在法律上被认定为死亡,如果是遭遇意外,这个期限会缩短为两年。

第一章

到现在，已经过去两年了。

我的未婚妻是否还活着呢？近来，我又常常想到这个问题。

她是否是遭遇了什么意外呢？或者更甚，是遇害了呢？

可是，活要见人，死要见尸吧，怎么会什么都找不到呢？

难不成，是连尸体也被人用什么特殊手法处理掉了吗？

馆长，我突然提及这些，您可能会觉得我发疯了，但始终没有她的消息，无法让我不想到这些极端可能。我甚至想起我念中学的时候，沉迷看的那些推理小说。书中，总是有各种各样的罪犯，用各种各样华丽的手法杀人。我在脑海中，将未婚妻可能遭遇的意外，都和那些情节画上等号。连带着的，又想起另一件往事。

当时，我有一位同桌，是个戴眼镜的胖子，他对我看的那些小说表示很不屑，他还说出一些观点："为什么罪犯费尽心机想的不是怎么处理尸体呢？如果没有尸体，不就没人能知道这起犯罪了吗？"

没有尸体，就没有犯罪。

同桌多年前的玩笑话，在我回想起之后，就始终在我脑子里盘旋不去。

可现实中，真的有人能完美地处理掉尸体，而不留下一点痕迹吗？我记得，偶尔不是有那种新闻吗？某某地发现一块碎骨，或是碎尸，甚至是血迹，即便过去多年，也被警方破获的案子。当然，更多的还是无头悬案。

此外而来的另外一个问题是，谁谋害了我的未婚妻？虽然遇到无差别杀人的可能性也不能被排除，但一直没有发现尸体这一点，让我还是倾向于是有人蓄意谋害。

棕眼之谜

　　我的思绪又回到了我们最后见面那一天,她打算跟我讲,却没有讲出口的事情上。我朦胧的直觉,她打算说的事,或许同她的失踪有某种关联。

　　至于这种关联是什么,两年中,这个谜团我一直没有破解。

　　蓄意杀人的动机,多半是为情或为财,这是我在一本讲犯罪心理的书上看到的内容。那么,推及我的未婚妻身上,她是哪种情况呢?为财?这几乎不可能。

　　剩下的,是情。

　　我不禁想起我过去对她的冷淡,以及最后那半年中,她对我似乎也不再如从前那么热络。有的时候,她来我家过周末,我们两人竟然可以一整天都不说一句话。那时,我还以为是我同她终于有了不说话也不会感到尴尬的默契,可现在想想,这同她的性格根本是相违的,是反常的。

　　我甚至怀疑担忧起,她失踪前要对我说的事情,是不是要同我说分手?是不是她除了我之外,有了别的感情?

　　唉,馆长,写到这里,连我自己也觉得我是疯了。

　　前段时间,我同刘薇的父母通过电话。在她失踪后,她的父母一度很憎恨我,认为是我的疏忽导致了她的意外失踪。我也陷入深深的自责,直到今年,两位老人才终于走出心结,原谅了我。在电话中,他们跟我说,对于找到女儿这件事,他们已经完全放弃了希望,还鼓励我向前看,走出伤痛。可我如何能做到呢?馆长,我依然无法原谅自己,到现在,我也认为如果我当时对她多一点关心,或许她就不会失踪。

　　我也认为他们说出原谅我的话,只是想帮助因为爱人失踪而一蹶不振的我。就同您为我介绍王医生一样。

事实上，我已经去过王医生的诊所多次，接受他对我的治疗，已经有两个月了。王医生是一位很专业的心理医生，他很快找出我的症结，他告诉我，应该同未婚妻的过往作别。

王医生建议我将刘薇遗留下来的物品都收拾处理掉，我拖拖拉拉地照做了，我将她留在我公寓里的物品，全部收在了一个纸箱里。可是，真按王医生所说的全部丢掉，我暂时无法做到，我打算用胶带，将箱子里的东西封存起来，现在的我只能做到这一步。

王医生对我的另外一个建议是，找个爱好或目标，全情投入进去。他说这对于抑郁症的治疗是最为有效的。

我思考了一番后，才决定写下这封辞职信。

馆长，我打算重新出发了。辞职的目的是考研，这是在刘薇失踪前就有的计划，我想重新拾起这个目标……

感谢您这几年对我的照顾。只言片语，无法表达我对您的敬重与感激……

望您能批准我的请辞。

杨正辉

201×年11月

办公桌前的杨正辉，呆呆地站直了身体，双手背在身后，忐忑地等待着r博物馆馆长阅读完自己递交上去的辞职信。

看着馆长皱起的眉头，想到信中写得前言不搭后语的内容，预感馆长不会那么容易同意让自己离职。

"所以，是王医生让你辞职的？"

桌后坐着的馆长，在漫长的沉默后，终于读完了杨正辉的辞职信，

棕眼之谜

他扶了扶鼻梁上厚重的老花眼镜。镜片后内凹的眼珠瞪着杨正辉。

"不，如我信里写的，馆长，这是我自己的主意。"

"唉，早知道就不给你介绍那个家伙了……"

不善言辞的杨正辉还想解释两句，又觉得没有必要。

"你也知道我们馆的情况……你走了的话……"馆长叹着气说。

"是……我知道……"杨正辉低下头，他也明白现在r博物馆很缺人。

作为一间公立博物馆，r博物馆的待遇算不上好。大多数考进来的人，在坚持干个一年半载后，便会嫌弃没有发展前途，陆陆续续走掉。和杨正辉同一批进来的人，现在只剩下他一个。r博物馆常年在网上挂着招聘信息，但过分高的任职要求和低廉的薪酬，劝退了大多数应聘者。近一年来，r博物馆一个新人都没有招到，仅仅靠着杨正辉和另外几个讲解员维持着日常工作。

"你未婚妻的事……"馆长看了看杨正辉，犹豫着提及这个话题，"人生在世嘛，总是有很多意外和风浪，但是，这些都需要去克服……"

馆长以一个长者的姿态，说起了宽慰杨正辉的话。

杨正辉垂头听着，心中更觉过意不去，这两年间，他因为抑郁症的原因，整个人性情大变，时常神神叨叨，有时更会因情绪崩溃便突然离岗而去。好在馆长大度，对他又有几分欣赏，才没有追究他工作中的疏漏。

也正是因为这样，杨正辉觉得对不起馆长。想辞职，也有几分原因是愧疚心情在作祟。

"考研的话，想考哪个学校呢？"过了一会儿，馆长话锋一转，好奇地问起了考研的事。

"我还没有想好，可能是我的母校a大学……"

"如果是a大学，我和几位教授有点交情，可以帮你引荐。不过是你的话，我打赌你肯定没问题，不需要辞职也能考上……这样吧，你再做一段时间,或者,必要时你可以请假回去复习。等什么时候招到顶替你的人了,我再放你走……"

"可是,馆长……"

怎么也没有料到,馆长做出的竟然是这样"折中"的决定。

"没有可是,就这样吧。这封信,你也拿回去。"

馆长拒收了杨正辉的辞职信。

发现

从馆长手里接过信，杨正辉走出馆长办公室，外面是一条幽长的走廊，他垂头丧气地前行，很快走出了办公区域，来到了 r 博物馆一楼的大厅。

现在是冬天，今天又是工作日，博物馆里冷冷清清，大厅入口处，有几个穿蓝色工装制服的搬运工人，正在搬运裹着泡沫棉的展品。

杨正辉想起来，前些天馆长说过，博物馆的几个展厅，被草容大学的艺术学院租借，用于办美术作品展览。这些工人应该是对方请的搬运工。

一位同事在边上指挥协助工人们。先前同事从杨正辉口中听闻过辞职一事，现在又看见杨正辉手里还拿着信，便忙里偷闲走过来问道："怎么，信还没给馆长啊？"

"不，给了，又被退了。"杨正辉挤出一个勉强的笑容。

"啊，果然啊。"同事像预料到了似的说，"我就说嘛，馆长不会放你走的。你走了,我们这几个小虾米根本顶不住啊。"

同事并不是恭维杨正辉,而是杨正辉确实很厉害。杨正辉熟读历史,学识渊博,对博物馆里的每一件展品都如数家珍,记忆力和知识面都可以用惊人二字来形容。同事不知道杨正辉有抑郁症,只是觉得未婚妻失踪后他像变了一个人,有些神神叨叨的,但就事论事,r博物馆确实需要杨正辉这种人才。

"好了,不要在这儿贫嘴了。"杨正辉打断同事,"那些是什么东西啊?"

杨正辉指着工人们搬进来的东西问。他本来以为,既然是美术作品展,应该多是画作才对,却不断送来了裹得奇形怪状的东西。

"哦,是一些雕塑。"同事解释,"他们这波展览好像是几个大学联合搞的,所以什么都有。刚才还运来了一些瓷器呢。"

"瓷器?"

"对,说是这次也有陶艺作品的专门展示区,他们的负责人刚才还千叮万嘱我不要弄坏了。"

正说着,有个大个子的工人又在冲这个方向叫同事的名字。杨正辉见同事忙不过来的样子,也跟他一起过去。

美术作品展借用的展厅共有四个,这个摆放着雕塑作品的展厅是最大的。工人们将运来的展品小心地拆包,同事逐个做着登记核对工作。一个陌生的年轻人在展厅里转悠,指挥工人们将拆包的展品放到相应的展台位置去。

杨正辉走过去同那个年轻人接洽,得知对方是草容大学艺术学院的人,这一屋子的展品,是他们艺术学院的师生作品。

正说着话,两个工人在他们身边拆开了一组展品的泡沫棉,里面是一组高约五十公分的长条形花瓶,造型很现代,但上面画的图案很古典,用青花颜料画着仕女图。

杨正辉的视线落到那组花瓶上,眉头却不自然地一皱。

那个图样很眼熟。正那样想着时,工人拆开了旁边的几件小展品,是几只青花瓷盘,上面同样画着仕女图。

"这个……这个是?"杨正辉弯下身子,仔细盯看了那几只盘子后,又问那位年轻负责人,"这是谁的……"

他好像突然很激动,连话也说不清楚了。

"哦,这是我们学院一位老师的作品,他是个陶艺家……"负责人解释道。

"陶艺家?谁?"杨正辉急切地问道。

"曾杰。曾老师……不知道你有没有听说过……"

"曾杰……"杨正辉呢喃着这个名字,本来就没有血色的脸上,表情更加难看了。

年轻的负责人被杨正辉的奇怪举动弄得有点莫名其妙。刚好,拿着登记簿走过来的同事,目击到了这一幕,他走过来帮杨正辉打圆场,询问负责人作品信息,做登记工作。

"这一组总共有4个长花瓶,5个盘子……"负责人说,"是曾老师半年前的新作,灵感来自唐代的仕女图,尺寸分别是……"

同事连连点头,记录下负责人说的话。又看见,杨正辉好像失了魂似的,死死地盯着那组作品。

负责人交代完后又去别处忙活,同事拍了拍杨正辉的肩膀,问他:"阿辉,你咋啦?"

"他刚才说的这个人,你认识吗?"杨正辉没回答同事,而是反问道。

"谁?"

"做这组作品的人。"

第一章

"哦,你是说那个叫曾杰的人吧……"同事看着登记簿上刚刚写下的创作者名字,"我不认识,对他们艺术圈,我不太了解。咋啦?"

"这个东西,我家里也有一个……"杨正辉直视着展台上的青花瓷盘。

"啊?"同事没听懂他的话。

"我有事,先回一趟家。如果馆长问起我,你就帮我请个假。"杨正辉说出一句没头没尾的话。然后竟然直接往展厅的出口去,走掉了。

错愕的同事站在原地,皱起眉头。杨正辉的神经质他不是第一次体会,但又突然来这一出,同事还是感觉心里不太舒服。

同事转过头,看向杨正辉刚才看的那组瓷器作品。靛青蓝色的青花颜料绘制的仕女图案,以流畅的线描形式,呈现在四方的花瓶和圆形瓷盘上。如果同事没有猜错,这组仕女图,是学着唐代周昉的《簪花仕女图》来创作的,古典的图样和现代的器型相互碰撞,同事感觉有点不伦不类,不过从笔法中能看得出创作者颇有功夫,功底深厚。

以杨正辉的学识,他应该也能认出这组作品的灵感出处,可他说"家里也有一个",是什么意思呢?

杨正辉的家里,的确有一个同博物馆展厅里的青花瓷盘相似的盘子。可是,同那个名叫曾杰的陶艺家的作品相比,杨正辉家里的那个,要拙劣得多。

赶回家后,杨正辉从客厅角落放着未婚妻刘薇遗留物品的纸箱里,找出了那个青花瓷盘——那是刘薇留下的杂物之一。他将盘子拿出来,放在餐厅的餐桌上,拭去盘子上的灰尘,仔细地盯看。

天气阴沉沉的,头顶上开着灯,偏黄的灯光落在瓷盘上。

同样是圆形的瓷盘,相同的构图和相同的仕女图样,面前的这个,线条断断续续、毛毛糙糙的,更像是用来练习的半成品。

棕眼之谜

杨正辉得出一个结论——他手上的这个盘子，正是照着陶艺家曾杰的作品画的。

"这是我临摹的老师的作品。画得不好。"连带着，未婚妻的声音响彻耳际。

对，大约是刘薇失踪的半年前，她迷上了做陶艺，和朋友报了一个陶艺班。不过刘薇的性格一向如此，任何兴趣，来得快去得也快，只有三分钟热度。去了几次后，她就嚷嚷着不去了。唯一能证明她学过陶艺的，就只有这个带回家来用的盘子。

"这不是挺好的嘛。"杨正辉还记得，他当时很敷衍地夸了一句。

"不，你看线条都歪歪扭扭的，简直是乱七八糟。"刘薇当时这样说，"而且，这个还烧坏了，是个残次品。"

"残次品？哪里残了？"

"就这……"

那天是个大晴天，刘薇将盘子拿到了阳台，对着阳光，指给杨正辉看。

在瓷盘的背面，有一个区域，有两处几乎可以忽略不计的内凹，不到一毫米的大小。就像是光滑的陶瓷表面被缝衣服用的细针扎了两下。

"这么小一点啊。"杨正辉不以为然。

"对，就这里，我们老师说，用他们的专业术语，管这个叫棕眼。"

"棕眼？"

"嗯，大概是烧制的时候温度没把握好，或者是釉料流动的问题，总之，有棕眼出现的话，对一件瓷器来说，就不合格了。"

这番带着几个专业名词的解释，杨正辉听得并不太懂，可他觉得，仅仅就这么一点小瑕疵，盘子就被定为次品，也太可惜了。

"可就这样判为次品，也太过分了吧，明明其他地方都是完好的。

再说，也不影响使用嘛。"杨正辉说出自己的见解。

"我也这样认为，可我们老师要求很高，本来他说要挑一些好的学生作品放在班上展示，结果因为这个棕眼，把我这个盘子给淘汰下来了。他还说，既然是有瑕疵的次品，就应该销毁……"

过往的回忆像风一样，断断续续浮现在眼前。那是和刘薇一起的日子里，众多平常生活场景中的一幕。

杨正辉将餐桌上的青花瓷盘翻过来，在灯光下，能清楚地看见那两处瑕疵，两个小小的"棕眼"。

刘薇当时口中的老师，会不会就是博物馆展厅里那组仕女图瓷器的创作者——陶艺家曾杰呢？

负责人说曾杰是草容大学艺术学院的老师。作为艺术学院的老师，在外面开设自己的艺术课程班赚点外快，也是很平常的事。

杨正辉叹了口气，起身进到卧室，将放在卧室里的笔记本电脑拿了出来。开机，在网页上搜索"陶艺家曾杰"几个字。

按下回车键，屏幕刷新了一会儿，终于跳出来了一些内容。

其中有一篇像是人物访谈的文章，来自一个艺术品拍卖网站。

文章中这样介绍曾杰：

"曾杰，男，陶艺家，s省十允市人，1980年生，硕士，先后就读于j陶瓷大学、c美术大学，现任教于草容大学艺术学院。

曾杰先生的作品以精巧细腻的高温瓷为主，作品风格清新隽永，对釉彩的把控堪称一绝，其作品《流云》《高山》等曾先后获得国内××陶艺大奖，不仅在国内的拍卖市场中受到藏家喜爱，在海外的销量也非常可观……"

文章中附上了一些曾杰的代表作品，也包括博物馆的那组仕女图瓷器。作品和图片之间，穿插着对曾杰的访谈。

访谈的具体内容，明显是对曾杰进行吹捧营销，杨正辉没有多少兴趣。他快速滑动着鼠标。直到屏幕上出现了一张曾杰的照片，吸引了他的注意。

照片中的男人，正端坐在一张工作用的长桌前，一手拿着画笔，一手扶握着没有烧制过的陶瓷素坯，戴着讲究的金丝边眼镜，头发打着摩丝，他以四十五度角的侧脸面对着镜头，看起来自然，实则应当是精心摆拍挑选的角度。因为连同他的工作台，以及身后的背景，都显得过分干净，让人感觉做作。

可平心而论，他棱角分明的长脸中，透出的是一股高雅干净的男人气质。这和电脑屏幕前不修边幅的杨正辉完全不同。

杨正辉直觉，他这样的形象，是很容易讨女人喜欢的。

杨正辉点击鼠标右键，将那张照片保存了下来。继续滑动鼠标，文章中的一句话吓了他一跳。

"听说去年冬天，您的工作室曾发生火灾？当时几乎所有的作品都被烧毁了？"这是文章记者的提问。

"对，烧了个干干净净，什么都没了。目前我所有的作品，都是那之后重做的……"这是曾杰的回答，接着他又介绍了几件自己的得意之作。记者顺势对他"浴火重生"的精神表示赞赏和敬佩。

屏幕前的杨正辉，双眉之间，却早已形成了深深的沟壑。他滑动鼠标拖到底，看见这篇文章的发表日期是去年秋天。

那么，文章中说的"去年冬天"，应该是两年前了。

杨正辉一个激灵，赶紧在浏览器窗口中，输入新的关键词：

"火灾，草容市、201×年"

新的搜索结果很快跳了出来，比想象的要多。杨正辉逐个点进去翻看。

"草容市××小区发生火灾……"

"草容市××小学失火……"

"草容市××路电缆施工起火……"

都是些无关的新闻。

"草容市水元艺术村一居民房夜里突发大火,无人员伤亡。"

直到这一条新闻出现,"水元艺术村"几个字,使杨正辉推测,自己终于找到了想找的东西了。

果然,点进去一看,是某新闻网站的快讯,这样写道:

"昨夜凌晨,水元艺术村一栋三层居民房突发大火,消防队员及时赶到扑灭,事故未造成人员伤亡,调查起火原因,疑似该楼租户曾先生夜里使用炭火盆取暖,点着布艺沙发所致。火灾造成整栋三层小楼完全坍塌,据悉,曾先生是位艺术家,火灾也使得他的数百件作品损毁……"

新闻中有用的信息到此为止。后半部分,则是在表扬消防部门灭火及时和提醒市民们冬季取暖注意安全。

杨正辉觉得,这篇新闻稿写得模棱两可,不清不楚。

杨正辉知道水元村这个地方,原本是一个城郊的小村子,邻着草容大学的艺术学院,房租便宜,许多学生在那里租用便宜的农民房作为工作室使用,时间长了便发展成为小型的艺术部落,原本的水元村也摇身一变,成了水元艺术村。

新闻中的曾先生,无疑就是曾杰,作为制作陶瓷的陶艺家,他正需要那样宽敞又偏远的地方进行创作。

可是,为什么会用炭火盆取暖呢?

居住在城市高楼公寓中的杨正辉,理解不了这个行为。

他想知道更多的情况,却再找不到其他的报道和后续。对于网络世界来说，两年前，已经算是久远的时间。

没有更多的信息。杨正辉只好又回到那个页面，看见那条火灾新闻快讯发布的时间是——201×年，11月25日。

是刘薇失踪后的第三天。

东西

第二天，杨正辉赶去 r 博物馆。

美术作品展的搬运工作还没有完成，大大小小的画作堆在 r 博物馆大厅里。杨正辉找到昨天的同事，问他昨天的那位负责人今天是否还在。

"在另一间展厅里搬画呢。"同事指了个方向。

杨正辉赶过去，幸运地见到了那位年轻负责人，他正指挥工人往墙上挂画，杨正辉走过去同他套近乎，搭讪两句后，询问他有关陶艺家曾杰的事。

"昨天那位做瓷器的曾老师，是不是很有名？"考虑到对方是草容大学的人，和曾杰可能相识，杨正辉只好旁敲侧击地问。

"嗯，在西南地区的话，确实挺有名的。毕竟物以稀为贵，在这里做陶艺的艺术家不多嘛。"年轻负责人没有想太多，如此跟杨正辉解释。

"那么，你有没有他的联系方式？"

"联系方式？"

"哦,是我们馆长,对曾先生的作品很感兴趣,想问问他愿不愿意被我们馆收藏……"杨正辉随便编个理由。

"这个我倒没有,我只是个新进的后生,大学这种地方,等级其实很森严的……不过,你要的话,我可以帮你去打听打听……"

"算了,也不需要特别去打听。"杨正辉拒绝了。本来就是随口编的谎,如果流传出去了,反而不妙,"因为这件事还没有定下来,所以还是我们这边去找他比较好。像他一般都会在哪里呢?草容大学吗?"

"不,他现在不在学校,他出国了。"

"出国了?"

"嗯,他和几个艺术学院的老师,去国外某个艺术大学做交流活动,估计,要明年春天才会回来。"

"什么!明年春天?"杨正辉听到这里,一时没有克制住自己,声音大了起来。

负责人歪着脑袋盯着杨正辉,昨天便觉得杨正辉有点神叨叨的,现在这种感觉又加重了。

"哦,我的意思是,这样的话事情便不好办了。"杨正辉意识到自己失态,赶紧挤出笑容,"对了,我之前好像听说,他的工作室,两年前发生过火灾?"

"对。"年轻负责人点了点头,不过他看向杨正辉的眼神明显变得疑惑。

"是怎么回事呢?听说是意外?"杨正辉不理会负责人的神情,固执地追问,"是使用炭火盆着火的吗?"

"炭火盆……"

这时,又有工人在叫这位负责人,负责人于是没往下说,转身要走。杨正辉不依不饶地拉住他:

"先生,你还没说呢……曾老师他……"

"这样吧,你可以去水元村,虽然曾老师出国了,但工作室长年有学生在。"急着做事的负责人给杨正辉建议,"要联系他的话,学生们应该有办法。"

"他现在在水元村还有工作室?"

"就是之前的那间,火灾之后,曾老师把那里买了下来,在原来的地址上,又建了新楼……"

下午,杨正辉打车去城南。

出租车经过一条长长的主路后,向左拐了个弯,来到一条双车道的林荫小路上。两旁种的是梧桐,在这个冷冽的冬日里,只剩下光秃秃的枝干。

杨正辉坐在出租车的后座上,抱着胳膊,盯着窗外陌生的景致。

刘薇失踪后,他寻着刘薇可能出现踪迹的地方,跑遍了草容市的很多地方,但这一带并未踏足过。

或许是杨正辉的神经质作祟,他仿佛看见刘薇正被一个黑影拉入熊熊燃烧的烈火之中,她在朝自己呼喊、求救,可是却没有声音。

网站照片上曾杰那张戴着金属边眼镜的长方脸又闪过眼前。

这绝不是杨正辉敏感多疑,过分猜忌,而是知识渊博的他知晓陶瓷烧制的皮毛知识,如果是普通人也就罢了,可偏偏曾杰是个陶艺家,这个身份,是有办法处理掉一具成年人的尸体,且不留下任何痕迹的。

只要有那个东西。

这一趟就是为了验证。

"先生,水元村到了。前面好像不好调头,你就在这儿下吧。"

前排的司机停下了车,打断了杨正辉的思绪。

棕眼之谜

杨正辉应了一声，付过车费，走下车去。出现在他眼前的，是更细窄的只能容纳一辆车通过的小路，蜿蜒着往一片青色的杂木林中去，隐约能看见树林中有铁质的栅栏围墙。

"沿着这条路走进去就是。"司机一边调头，一边摇下车窗为杨正辉指点迷津。

杨正辉沿着小路往树林里走，感觉这里颇有世外桃源的味道，当他来到围墙边时，刚好太阳破云而出，本来阴沉的天一下子亮起来了。

墙边挂着几块题了毛笔字的牌匾，墙内错落有致排布着矮楼，多为两三层高，但都经过了改造，漆上了不同的颜色，画着夸张的涂鸦壁画。由于是农民房，几乎家家都有一个小院子，自然，院子也做了相应的改动，有的放着大型的雕塑作品，有的放着废弃的木制画架，还有几户人家中，学生模样的年轻人正晒着太阳喝茶聊天。

脚下的小路在楼和楼之间分散开来，杨正辉无意欣赏这些别致的风景，只快步在村里穿行，数着每栋楼的楼牌号，最终在一个晒着瓶瓶罐罐的院子前停下。

这里就是曾杰的工作室。

不愧是重建的新楼，同两边的建筑物比起来，它设计得简约大气，现代感十足，深红色的墙体、透明的巨大落地玻璃，使这栋建筑物好像在发光。

两个年轻人各自抱着一个没烧制过的花瓶素坯[①]从一楼出来。放在院子里的木制长桌上，桌上是专用的毛笔和青花颜料。看来是打算趁着难得的好天气，在室外进行创作。

"请问曾杰老师在吗？"杨正辉走过去跟那两个年轻人搭讪，明知

[①] 素坯：白色的陶坯，瓷器在着彩上釉前的形态，易碎。

故问。

"不在,老师出国了。"其中一个留着长发有着一张扁平脸的年轻男人回应。

"哦,我是a杂志社的记者。"杨正辉给自己安了个记者身份,"我想采访曾老师。他什么时候回来呢?"

"可能得明年春天吧。"年轻男人转过脸来看了一下杨正辉,似乎没有怀疑,注意力又回到正在画的陶瓷花瓶上。

"哎呀,那我这一趟白来了。"杨正辉故作失望,在院子里踱了两步。

这栋楼前的院子,也比别的楼宽大许多,杨正辉目测,面积至少在一百平左右。除了年轻人坐的长桌,还堆放着别的杂物,院子角落靠近一楼的位置,有一个四方形的、一人多高、蓝色集装箱似的巨大物体。

杨正辉盯着那个东西,如果没猜错,那正是烧制瓷器用的窑炉。

曾杰果然有一个窑炉。

陶瓷的煅烧需要经过拉坯[①]、晾晒、施釉[②]等一系列过程,最后的一步,是送进窑炉里烧制。窑炉如果启动起来,温度将达到上千度。

这些是杨正辉从前从书上看来的知识。

[①] 拉坯:陶瓷器物的雏形制作,将泥料放在坯车上,轮制成具有一定形状和尺寸的坯件,是陶瓷器物生产的传统方法。
[②] 釉:涂在陶瓷表面烧制而成的玻璃质薄层,能增加制品的光泽度、机械强度,防止腐蚀;施釉:在成型的陶瓷坯体表面施以釉浆。

锁定

"那个东西是干吗用的？是烧制瓷器用的窑炉吗？"

纸上得来终觉浅，杨正辉自然地回到两个年轻人身边，向他们确认。

"对，我们这儿的瓷器，都是用那个炉子烧制的。"

或许是觉得杨正辉白跑一趟可怜，年轻人以地主之谊客气地回答了他，又向杨正辉介绍一番曾杰平日是如何烧制瓷器的。

大致同书上说的差不多，不过，年轻人有一句话很有意思：

"所有的前期工作做完后，最关键的就是烧制这一步，对火候的把控非常重要，虽然我们用的是现代化的电窑炉，可以用电脑控温，但是曾老师对作品很上心，每次烧制瓷器时，他都会亲自守着，监控着温度……常常整夜整夜不休息……"

"整夜不休息？要烧那么久吗？"

"嗯，基本上需要一个昼夜左右。所以老师常说，每一件作品都来之不易。"

杨正辉听着年轻人的话，视线再度往那个窑炉的方向看。蓝色的铁皮包裹着，窑炉门开启了一条细缝，缝中漆黑一团。

陶瓷烧制需要一个昼夜，这是书上学不到的专业知识。

"煅烧时的温度呢？"杨正辉再次打听。

"老师做的都是高温瓷器，温度升上去后，大约会达到一千两百度。"

"一千两百度？烧制一整个晚上？啊，那会不会很危险啊？"杨正辉装作什么都不懂的样子，继续问道。但心中想的是，这个温度和时间，如果是尸体，绝对可以完全烧成灰烬。

"一般人听到这些，都会觉得危险。"年轻人笑笑，"但实际上，虽然窑炉烧瓷器使用的是明火，但这一切都发生在炉子内部。炉子的四周，是有隔火的石棉材料封闭起来的，只有几个测温用的窥火孔，火是不会泄露出来的。"

"可我怎么听说，这里两年前的冬天，发生过火灾呀？"杨正辉看准时机，将话题引向两年前的火灾。

"这个嘛，确实有这件事，可是那同窑炉也没有关系，是取暖用的炭火盆，点燃了沙发。"

"炭火盆？"

"嗯，那时这里还跟其他房子一样，是老旧的农村自建房，墙很薄，空调制热效果很差，冬天用炭火盆反而更暖和。"

"可炭火盆有极大的火灾隐患啊。"

"确实如此，所以自那之后，不管是我们这里还是别的工作室，大家都不用炭火了。不过，那件事也纯属意外。老师其实一向很注意用火安全的。那天是因为傍晚和几个朋友在二楼的画室聚了会，他送朋友们离开后，因为心系着窑炉里的瓷器，便在一楼守着，没去二楼熄火。这才导致火灾……说到底，还是老师太过认真，痴迷创作的缘故。"

从年轻人的语气中，明显可以感受到他对曾杰的敬畏和钦佩之情，即便起火原因是曾杰的疏忽大意，他依然在为曾杰辩解。

"那么火灾的时候，这个窑炉也在工作啰？"

"是的，窑炉在工作，不过不是这个窑炉，这一个是屋子重建后新买的。当时那个窑炉，在火灾中烧坏了，大火将炉子外部烧毁，导致里面的瓷器因为温度不稳定，还发生了爆炸，当时炉里烧的瓷器，还有一楼老师的作品全部损毁了，非常可惜。"

年轻人说着叹了一口气，为老师的损失心疼。

"也就是说，起火的地点在二楼？"杨正辉对此不觉得触动，转头看了一下深红色的楼体，在脑中绘制着事故当晚的示意图。

"嗯。"

"那三楼是做什么用的？"杨正辉又看向最顶上那一层。

"是老师的卧室，老师偶尔在那里休息。"

"那也就是说，起火的时候，曾老师是在楼里面？"

"是，因为是冬天，所以老师没有守在院子里，而是进屋了，火焰烧起来的时候，他在一楼大厅的躺椅上睡着了。反应过来时，火已经快将他包围。好在老师身手快，跑到屋子角落的消防栓旁，从里面拿出灭火毯裹在身上，又戴上了防烟面罩，这才得以逃出火海。"

"灭火毯和防烟面罩？"杨正辉注意到这两个东西，不禁以讽刺的口吻说，"你们的消防栓里面有这些吗？你们老师准备得还挺齐全啊。"

灭火毯是用隔火材料制成的特殊火灾急救物品，防烟面罩更是专业，难以想象这种地方备着这些东西。

"是啊，毕竟我们是要操控窑炉的，老师估计也是'不怕一万就怕万一'，才装了专业的消防栓吧。"年轻人没有听出杨正辉语气中的讥讽，指了指外面的水泥路，"不过他还是吸入了很多浓烟，晕倒在了院子外的路上。送进医院后，昏迷了两天才醒来呢。"

"原来如此啊，可真是惊险。"杨正辉附和道。

至此，他感觉他心中所有的猜想都得到证实和依据。

曾杰拥有可以处理尸体的工具——窑炉，而那场大火，又烧毁掉了这里所有的一切。

实在太蹊跷了。与其说是意外失火，早早准备好的灭火毯和防烟面罩，更像是蓄谋好的掩盖罪证的计划。

可明明已经用窑炉处理尸体了，为什么还要火上加火，来一把大火将这里完全毁掉呢？

杨正辉想不大明白这一点。

此外的另一个问题是，曾杰的动机。

到目前为止，杨正辉还没有和曾杰碰过面，曾杰究竟认不认识刘薇，都还得不到确切答案。这所有的一切，都是由那个瓷盘引发的一连串想象。

失去未婚妻这件事的确让杨正辉变得神经质，但他还没有失去理智，他接着问年轻人："曾老师除了在草容大学任教外，有没有在别处做教职？像是办个陶艺班之类的？"

"听说老师刚毕业那会儿做过这种工作，不过那是七八年前的事了。"

"七八年前……"

时间对不上。

"那么，这里平常除了你们，还有别的学生吗？"

"有几个师兄。"

"有没有女人来呢？"

"女人？"

年轻人露出不解的目光，可能终于觉得杨正辉问的问题都有些跑偏，重点并不在曾杰身上。

"先生，你可能是误会了。我们老师已经结婚了。"年轻人解释道。

"不，我的意思是……"

话一出口，杨正辉又觉得多余。他想，既然对方这样说，说明他不愿同外人讲老师的绯闻。再者，如果曾杰已婚，同其他女人有交往，更加不可能让人知晓。

杨正辉没能打听到更多的消息。

离开曾杰的工作室后，他还去了隔壁几个楼，用类似的方法同那儿的邻居闲聊。

"的确是有过火灾，可两年前太久了，我也记不太清楚了。"

"听说就是意外失火嘛……"

都是类似这样的回答。

别人的事，没有人会真正关心。两年前的大火，这里的人们已经没办法提供更多细节。

天色已近黄昏，杨正辉只好打道回府，他往村子出口去，看见大朵金黄色的云矮矮地飘在空中，向远处的杂木林上空绵延。他背着双手，低垂着头，来到来时出租车停下的路口。

不见任何车辆，这里不好调头，自然不会有车开进来拉客，无奈之下，只好沿着那条种着梧桐树的双车道小路，往更外面的大路继续前行。

如果刘薇是来了这里，那应该也是坐出租车来。或者，是私家车。

他的脑子里，想的还是这些事。

就这样，即便尚有解释不清的地方，杨正辉依然锁定了曾杰这个人。

又过去几天，杨正辉再度敲开 r 博物馆馆长办公室的门，他询问馆长，在草容大学是否有人脉。

"如果可以，想让您帮我引见草容大学的教授……"杨正辉对馆长说,"我改变主意,想考草容大学的研究生。"

"草容大学呀。"馆长不禁眼前一亮,"可真有志气。"

草容大学是全省第一的大学,客观上讲,比母校a大学名头响亮得多,相应地,难度也会更大。

不过杨正辉选择草容大学的原因是——那是曾杰所任教的大学。他已经决定,要一步一步地靠近那个叫曾杰的男人。

"对,我打算报考草容大学的艺术学院,转修艺术史论。"

听见这话,馆长顿时又惊讶地看着他。

第二章

陶艺家

走出机场,看见草容市的天空,曾杰觉得有些恍惚。

春天来得比想象中更早,现在是三月底,在这个晴朗的日子,隐约已有一股暖意。

同行的几位教授打了个哈欠,说道:"啊,终于到家了。累死了。"

十几个小时的长途飞机,的确让人乏累,但曾杰觉得还好。他仍然沉浸在这一趟异国之旅的梦幻感中。

"小曾,你往哪儿去?"

一位头顶稀疏的教授问曾杰。在这一行人中,曾杰是年纪最小的。

"我想先去趟工作室。"曾杰回答。

就直线距离的话,工作室的确离这里更近,不过,曾杰只是单纯不想那么早回家。家里那位还不知道他今天回国,他没有提前告知。

"不愧是年轻人。"同行的教授纷纷感慨,"我们可没那个精力,得先回去睡大觉了。"

"老师说笑了。睡得好才有福气。"曾杰恭维着这帮老家伙,"我帮你们叫车吧。"

曾杰说着挥挥手,路边停着待客的出租车开过来两辆,曾杰帮几位教授放好行李,目送他们坐出租车离开后,才开始为自己叫车。

他是一个从底层一步一步爬上来的男人,无论何时,他都深知礼数的重要性。

"去水元村。"坐上出租车后,他对司机说。

摇晃着的出租车上,曾杰倒突然有了困意。这一趟学术交流收获颇丰,和刚才那一拨老头中的一位教授一起,在去交流的那所大学办了联合的展览,也算是在海外的陶艺市场上崭露头角。现在正是他职业生涯飞速上升的时期。

他在车上眯起眼,小睡了一会儿,车子抵达后,他走下车,沿着记忆中的小路往村子里走,两旁的杂木林经过一个寒冬,似乎都变高了,正冒出嫩绿的新芽。

天气好,几名学生在院子里作画,见到突然回来的曾杰,都兴奋地放下画笔。

"老师!怎么提前回来了?"

"怎么不说一声,让我们去接你啊!"

学生们都簇拥了过来,围着曾杰,帮曾杰拎行李。

"也不是什么大事,不用特地来接我。"曾杰笑笑,"给你们带了礼物。"

他一共拎了两个行李箱,说完这话后让学生打开其中一个小的,里面装满了在国外买的巧克力。

无论是前辈还是学生,曾杰从来都是照顾得当。

"老师,您出去这一趟,感觉整个人都不一样了。"一个蓄着长发的男学生，从箱子里拿了一盒巧克力后，用调皮的亲昵语气说。

这倒不是奉承，此番归来的曾杰，气色红润，衣服依然整整齐齐，整个人容光焕发，完全不像是刚经历过长途跋涉。

"那当然啦，老师现在是春风得意时嘛。"另一名学生附和道。

曾杰冲几个学生笑笑，默认他们的马屁，他拎着剩下那个大箱子往楼里走，刚才那个长发学生见状，立刻过来帮忙，跟着曾杰进楼。

"我不在的时候，有没有什么事情？"曾杰一边上楼，一边随口问道。

"没有什么特别的事情。"长发学生想了想，向曾杰大致汇报了一下近来学校那边的动静，都是些不重要的小事。

末了，长发学生想起另一件事："哦，对，老师，之前有过一位记者想采访你来着……"

原来这名长发学生就是杨正辉来访时接待他的人。

"记者？哪家的？"

"这个嘛……只说是杂志社的，我也忘了是哪家……"学生挠挠头，"不过，我有说你大概春天回来……"

"那就没关系，如果是杂志社的话，他们自己会再来的。"

曾杰没放在心上。

两人来到了二楼，二楼是曾杰的画室兼起居室，曾杰给自己倒了一杯水喝。长发学生将行李箱放在楼梯口的位置。

"不过，那个记者好像对之前咱们工作室的火灾很感兴趣，他问了好多相关的问题。"年轻的学生回忆起了这一点。

"火灾？"

"嗯。不过，不知道记者是不是都那样。后来，他还很八卦地问我们这里有没有女人来过，我感觉他有点神叨叨的。也没再跟他多讲。"

"女人……"

曾杰抿了一口杯子里的水，水是从保温壶里倒的，不冷不热，刚好适口。

"那个记者，长什么样子？"曾杰问。

"留个寸头，模样普通，眼睛不大，身上的衣服也不太考究的样子……"曾杰在脑海中搜索着，他并不认识这样一号记者。

"好的，我知道了。下次他再来，如果我不在，你可以把我的电话号码给他。"曾杰这样交代。

"嗯。"学生应了一声，见老师可能需要休息，识趣地又下楼去了。

曾杰放下水杯，往沙发上一坐，跷起二郎腿。

自火灾发生后，他赔了原来的房东一大笔钱，从房东手里将房子买了过来，又在原地重起新的三层小楼，知道这件事的人都为他的大手笔而震惊。二楼这层的家具，同样是火灾后新买的，不过，样式和之前的倒没有多大的差别。同样的深灰色布沙发，原木色工作桌椅和画架。四周的窗户比之前的农民房时期增多了几个，换成了落地窗，但同样挂的是和之前一样的纯白色纱帘。

曾杰看着这熟悉的一切，眼前忽地浮现出一片熊熊烈火。

当时的灼热之感，吸入口鼻中的浓烟，那种窒息的感觉好像又将他包围。火光之中，有一个女人的声音："老师……老师……"

曾杰一个激灵，甩了甩头。

火光消失了。视线所到之处，依然是纯白色的纱帘，随着窗外吹进来的春风有节奏地飘动。

"记者……"他呢喃着这两个字。

铃铃——

手机铃声响起，曾杰拿过一看，屏幕上是前一天才联系过的号码。对方名叫陈语荷，是草容大学某位校长的女儿。

"你到了吗？"接通后，语气亲昵的娇嗔女人声从听筒中传来。

"嗯，刚回到工作室。"

"那晚上一起吃饭吧。还是说……你要回家一趟？"

"不，当然不回。先陪你比较重要。"曾杰很自然地回答。

他和电话那头的陈语荷是好几年前在一位同事的婚礼上遇见的。陈语荷的父亲在草容大学里颇有威望，在同事婚礼上做了主婚人。作为女儿的陈语荷只是跟着父亲前来，本来同她也只是礼貌性地留下联系方式。不过一年前，陈语荷的父亲得到晋升成为校长后，曾杰便开始主动和她联络。请她吃过几次饭、约会过几次后，这段婚外情顺利发展起来。

"那好吧。老地方见。"

电话那头是恋爱中小女孩的娇俏应声。陈语荷今年只有23岁，曾杰一度认为，她的年轻和不谙世事，也是自己这么容易得手的原因。

曾杰在工作室三楼的卧室休息到傍晚，简单梳洗一番。走下楼去，学生们正收拾着打算离开，曾杰冲他们寒暄几句，先走了出去。

以前进出这里很麻烦，公交车不通，出租车也不会主动进来拉客，要出去，便要沿着村口那条双车道小路一直走到大路去。学生们每次来都是一起打车，或是曾杰开车带他们进来。

曾杰的车现在还停在家里的车库，他只好一直步行出去。好在近两年打车软件兴起，只需走到村口也能叫车，方便许多。

他在水元村口叫了一辆车，去往和陈语荷常约会的酒店。

在酒店餐厅里坐了好一会儿，穿着一身修身连衣长裙、裹着羊毛小披肩、披散着一头长发的陈语荷才出现。

陈语荷是典型的没有吃过苦的富家小姐。长得漂亮，却给人一种头脑简单的感觉。这不是曾杰的偏见，而是交往之后得出的结论。作为大学校长的女儿，陈语荷只有二本学历。她说是从小父母离异，父亲没有花太多心思在教育她这件事上造成的。不过曾杰看来,这同她本人自由散漫的性格脱不开关系。听说她的父亲还想送她去留学,但她不想吃那个苦,竟然拒绝了。这也让曾杰难以理解。

"外面有什么意思呢?对我来说,不过就是换个地方虚度光阴而已。"陈语荷曾说过这样的话。

这确实是很客观的自我评价。

因而,她现在只是借着父亲的关系在草容大学下属的某个分校区的办公室挂了个职,领着每个月几千块的基础工资,却从没见她去上过班。

"哎呀,久等了。"陈语荷跟以往一样,以活泼的语调说,"我看看,今天吃什么好呢……"

她坐下来拿起菜单,歪着脑袋,把点菜当作很慎重的事,认真地研究起来。

几个月不见,她好像并没有什么变化,只是化妆的技巧进步了,脸上闪着高级化妆品堆砌出的光彩。

"你想吃什么?"她抬起小鹿似的大眼,问曾杰。

曾杰答"随便",往卡座的靠背上靠靠,整个人松弛下来。陈语荷叫来服务生,曾杰就微笑着看她。

在交往过的女人中,陈语荷是最让曾杰感到放松的,或许还是同她年纪小有关。她身上那股年轻阳光的气质,同曾杰家里那位完全不同。

一瞬间,曾杰意识到,自己又在将外面的女人同家里那位比较。这似乎成了个根深蒂固的坏习惯。

"你老婆呢?"正想着,陈语荷竟然问起了这个话题。

"应该在家吧。"

"她还不知道你回来了?"

"嗯,我没跟她说。"

"呀,那可真惨啊。"陈语荷用意外的口气说,"身为老公,就这样把老婆晾在家里,和外面的小情人出来厮混……"

曾杰知道她是故意这样调侃,只是笑笑。

"欸,我说,其实我一直想不通,你老婆是多么好的一个人啊。你干吗要这样对她呢?"

"你是指什么,我和你在一起这件事吗?"

"不,我不是说出轨这件事,而是你对她的冷淡。没见过她之前,我还以为她是个黄脸婆……可自从那次见过她后,我就不太理解了,老实说,她漂亮得让我都嫉妒……"

"这个嘛……"

这个问题曾杰也觉得很难回答。

陈语荷见到妻子的契机是在草容大学的一次集体宴会上,妻子的确不是黄脸婆,她的美貌甚至可以用艳惊四座来形容。

就算抛开外表,平心而论,妻子也是位合格的好妻子。

"难道,只是因为她的残疾吗?"陈语荷又问。

出现在宴会上的妻子,除了美丽的脸庞惊艳到了众人,她坐在轮椅上这件事,也让当时的宾客们都吓了一跳。

曾杰没有回答陈语荷。

"看来就是了。"陈语荷从曾杰的沉默中得到了答案,面上显露不悦。

即便她的身份是第三者,看见曾杰因妻子残疾便厌弃,想必也会感到失望,这实在过于冷漠无情。

"不,并不是那个原因。"曾杰赶紧解释,"夫妻之间的事,其实,很复杂的。"

"是吗?"

"对。"

"那她的腿到底是怎么回事呢？听说是事故造成的？"

"是……"曾杰含糊地回答，"但是，我和她的感情破裂，绝对不是因为她的腿。"

"可她残疾这件事，多少还是一个因素吧？"陈语荷固执地认为，"就算你嘴上说着没关系，但实际上应该还是会介意吧？"

事实上的确如此。妻子坐上轮椅后，夫妻俩的生活天翻地覆，曾杰对妻子整个人的态度也发生了变化。

"的确是会介意。"曾杰想了想，也没必要否认，"没办法，虽然很不幸，但我老婆她遇到这种事，如同瓷器上有了一个'棕眼'，虽然可惜，但只能被当作是次品了。"

"什么？"陈语荷听不太懂这个比喻。

"棕眼，是瓷器上的小瑕疵。"曾杰大致解释了一下，"就算其他部分再完美，可是有了瑕疵的瓷器，就是次品。既然是次品，就没有价值。我也无法再爱她了。"

这是残忍的比喻，却很贴切，残疾的妻子无法像正常人一样生活，只会带来无尽的麻烦。

"既然这样，不爱她的话，干吗不跟她离婚呢？是担心她离了你无法生活，还是怕别人说你心狠，抛弃糟糠之妻？"

"你非要这么说，那我只能说，两者都有。"曾杰承认了。

但是，实际上是还有别的原因。不能告诉其他人的原因。

"我不在的这段时间，有没有什么有趣的事发生？"曾杰不想再多说，主动换了个话题。

"没有，还是跟平常一样，挺无聊的。"

服务生送来了他们点的餐食，陈语荷识趣地也没再提曾杰的妻子，改说起了别的事。

053

"我听一个朋友说,城东新开了家网球场,改天一起去吧……"

"嗯……"曾杰附和着,约会顺利地进行了下去。

不过,内心里,刚才那番有关妻子的话题,还是让曾杰心中起了小小的波澜。

对于那个如次品般的妻子,他早就厌倦了。他也想过,如果离婚的话,陈语荷一定是自己的第一选择,他甚至老早就幻想过,要是有一天妻子不在了,他就向陈语荷求婚。

现在任职的草容大学是一座美丽虚妄的象牙塔,内部争斗和等级制度复杂不堪,若能借着陈语荷父亲的关系,登上这座塔的最高塔尖——当上教授,那便再好不过。

只是现在还不行。

岳父

会过情人的第二天,曾杰依然没有回家。他打车去了城西的郊区,那里有一片漂亮的别墅小区,妻子父母的家在那儿。

说起来,妻子家的发迹也颇为奇妙,本来只是附近一个城市的普通家庭,听妻子讲,儿时家里颇为拮据。不过,大约是妻子中学时,家里做小本生意的父亲和朋友一起,改行经营建材,竟突然赚了大钱,成为了暴发户。之后又颇有远见地投资了房产和商铺,摇身一变成了富人,举家搬来草容市。

自己的岳父有钱,这是肯定的。当年,之所以追求妻子,除了妻子的美貌外,这一点也是一个重要因素。结婚之后,房子,车子,包括之前火灾后重建新的工作室,都是岳父出的钱。那个一头花白头发、大腹便便的老头,他的存在,就像个源源不断能变出钱的金库。

曾杰来之前提前打了电话,谎称自己是刚回国。按响门铃后,前来开门的岳母,明显是一副早早等候的样子。

"阿杰,来了啊。"岳母笑着跟曾杰打招呼。

上了年纪的缘故,岳母身材有些发福,不过眼神慈祥,气色很好,依稀可窥见年轻时的神采。第一次见时,曾杰就想,或许妻子老了之后也会是这个样子。

曾杰冲岳母点点头,立马切换成好女婿的角色,夸赞岳母几月不见,又变年轻了。

岳母被他夸得合不拢嘴,领着他进屋,坐在客厅真皮沙发上的岳父备好了点心。茶几上摆着一套紫砂壶茶具,桌角的水壶里正咕咚咕咚烧着水。

"来来,快坐。"岳父见到曾杰也热情招呼。

他说着端起水壶,将壶中的开水浇淋到茶几上摆得整整齐齐的茶具上,热水顺着茶海流到茶几下的废水桶里,这一步的目的是温热器具。

曾杰在一旁的沙发上坐下,不动声色地看着岳父熟练地洗茶、泡茶,心想这一套动作,他应该练习了很久。

中途发迹的暴发户喜欢装文化人,借以欺骗自己是生来富有,这是骨子里的自卑导致的。岳父也不能免俗,这个家里除了这套像模像样的茶具,还有不少古玩字画,有岳父自己瞎买的,也有别人送他的。不过实际上,他根本不懂得欣赏,只是胡乱地挂在墙上,一丝美感也没有。

"这趟出国辛苦啦。"岳父递给曾杰一杯沏好的茶。

曾杰喝了一口,觉得味道不怎么样,不过依然开口称赞。

接着,曾杰又说起自己此番在国外成功举办了展览,收获好评,他知道岳父喜欢听这些。岳父一向以有自己这么一个在大学任职的艺术家女婿而自豪,这也是为何岳父在金钱方面如此大度。

"爸,我今天来,是有件事想跟你商量。"见岳父听得喜上眉梢,曾杰见机开口。

"啥事啊？"

"我觉得，趁着现在我的势头正盛，我想乘胜追击一把。"

"哦？"

"我们水元村外面有一个废旧的工厂厂房，我打算把它买下来，改造成个人美术馆。"

"个人美术馆？"岳父浓黑的眉毛向上一抬，似乎很有兴趣。

"对。建立个人美术馆的话，等于是向前跃进了一大步。到时候，陶艺家曾杰这几个字，就不单单只有名字，而是更有重量的实体……"曾杰向沙发上的岳父描绘着拥有个人美术馆后的宏伟蓝图。

"可是美术馆建立后，打算怎么运行呢？是做成开放式的美术馆吗？"岳父摸着下巴，肥胖的身体陷在皮沙发里，好像要和沙发融为一体。

"暂时考虑做成开放式的，不仅可以放我自己的东西，也可以吸纳别的艺术家进来做展览，到时候不愁没有收入，学校方面，也会给予我支持的……"

这些话中真假参半，对于一个艺术家来说，有一间以自己名字命名的美术馆自然很体面，能不能运行下去另说，但对于自身名气的提升，无疑是最大的助力。

这个世界上有人想要钱，有人想要名。曾杰是最贪心的那一种，名和利他都要追逐。

"可终归是美术馆啊，要建立的话，四处打点，得花不少钱吧？"岳父还是显得犹豫，很明显，他明白了曾杰此行的真实意图。

"不，因为是废弃的工厂，所以买过来花不了多少钱的，至于打点，这个也不需要太操心。我一路拼到现在，也是有些门路的……"

"你要多少？"

"暂时的话，请借我一千万。"曾杰狮子大开口。

棕眼之谜

"一千万啊……"

这个数字似乎让岳父更加犹豫。不过曾杰相信,面前这个老头绝对拿得出这么多钱。

"到时候,美术馆建成,我会把爸你的名字也加上去。"曾杰见状,抛出杀手锏,"在美术馆的门前写上,由白建国先生支援建设……"

曾杰以玩笑的口吻直呼着岳父的全名,岳父却没生气,反而被他逗笑。可能还是因为胖,岳父的笑声很夸张,浑厚无比,又颇有节奏,曾杰一直觉得那声音就像刚喝完水的河马发出的声音。

听见这番笑声,曾杰想,他肯定会答应的。

"我考虑几天吧。一千万,就算要拿出来,也得给我时间准备嘛。"

"谢谢爸!"曾杰赶紧说,仿佛他已经答应了这件事,"您放心,等美术馆盈利了,我一定马上归还!"

不过,实际上,无论到时候是否盈利,曾杰都没想过要还这笔钱。

从这个老头子手里拿钱,早已经成了心安理得的事。再者,自己一直在照顾残疾的妻子,这本来就是他应该给的劳务费。

这也是目前妻子唯一的利用价值,应当尽可能地榨干。

"你是今天刚回国?"说着,岳父转换了话题。

"嗯,还没回家去。爸,你先别给晓铃说。我没告诉她今天到,想晚上回去给她一个惊喜。"

曾杰口中的"晓铃"是妻子的名字,这时,他只是说出事先想好的借口。

"看你们感情这么好。我也算是松了口气。"岳父脸上浮现出欣慰的神情,"其实,老实说,之前晓铃出事,我一度很担心……"

"爸,我早就说过了,我会照顾好晓铃的,无论她是什么样子。"曾杰面不改色地说道,"你放心,我会照顾好她一辈子。"

"哎……"岳父的眼中好像闪烁着感动的泪光。

"爸,我会证明你当初没有看错人。"

曾杰再次表决心。

他能如此淡定地说出这种话,也是知道自己的谎言不会被拆穿。妻子性格隐忍软弱,对父母从来报喜不报忧,妻子不会向双亲抱怨婚姻不幸,曾杰很有把握。

对峙

在岳父家待到中午,曾杰无意留下来吃饭,索性起身告辞。临走前,岳父还说起有关钱的事,表示会好好考虑。

曾杰坐车从城西离开,这是一个没有其他安排的周末,他想了想,还是回了水元村。村里新开了便利店,他简单吃了点东西,走回工作室时,一个矮个子的男学生在院子里叫他:"老师,有人找你!"

"哦?"

曾杰觉得错愕。他才刚回国,按理说没几个人知道。

"是谁?"

"说是杂志社的记者。"

"记者……"

曾杰猛地回忆起昨天归来时,帮忙拎行李的学生说,去年冬天有记者来过。正想找那个学生问问,看了一圈,发现他今天不在。

"老师,我让他在屋里等你呢。"矮个子的男学生又说。

学生指的是一楼的"会客区"——在摆满烧制和未烧制的瓷器的展示架中开辟出来的一小块天地。那里简单放置着一组木头沙发和茶几,每当外人来访时,就在那里进行会谈。只有亲近的朋友,曾杰才会带他们到二楼。

曾杰迈步走进去,见一个穿着夹克衫的男人坐在木头沙发上,他的模样中规中矩,算得上端正,但谈不上帅气。再仔细一看,夹克衫的领口已经起了毛边,感觉是个不太讲究的人。

"是曾杰老师吧?"男人一见曾杰,立刻起身招呼。

曾杰冲他点头。自己的照片在一些杂志上刊登过,对于素未谋面却认得自己的人,曾杰不意外。

"曾老师您好,我姓吴。"男人递上来一张名片,"是a杂志社的。"

"你好。"

接过名片一看,浅蓝色花纹的名片上印着男人的名字——吴伟。

"之前有来过,但是您不在。"男人继续说,"我们杂志社新开了一个栏目,主要是采访一些青年艺术家。"

名叫吴伟的男人说明来意。

a杂志曾杰有所听闻,好像是一本文学类的杂志。不过现在纸媒不景气,尝试多元的发展也是有可能的。

曾杰表示愿意接受采访。

"那真是太好了。"吴伟以兴奋的口吻说。

曾杰坐到他对面,再度扫视他,可能是心理作用,感觉他身上的气质跟以前见过的记者略有不同。莫名呆板,与其说是记者,倒更像是个木讷的学者。

曾杰想问他所说的"之前来过"是否就是指去年冬天,又感觉这样问很奇怪,便没开口。

不过，很快就有了答案。

"听说，老师这间工作室之前发生过火灾？"象征性地问了几个有关作品的问题后，吴伟的话锋一转。

"对。"曾杰回答。不动声色地观察着对方。

"是什么原因起火的呢？"

"火灾时，只有你一个人在楼里吗？"

"听说是因为炭火盆使用不当引发的火灾？"

几乎全是此类问题。

到这时，曾杰已经基本确定，他就是昨天学生口中的那个人。

可为何要对那场火灾如此追究呢？

"老师您除了在学校里教学外，有没有去外面谋职，教过别的学生呢？"

吴伟所问的问题，方向又改变了。

"去外面谋职，你是指什么？"曾杰面带微笑。

"比方说，搞个陶艺班之类。我听说，很多艺术院校的大学老师，都会在学校外面另有副业的……"

"陶艺班……"曾杰稍微愣了愣。很快回过神来，跟他解释，大约七八年前有过外出代课的经历，但现在的自己，早已不用自降身份做那种事。

"是这样吗？"对方似乎不相信曾杰的话，投以狐疑的目光。

那奇怪且不加掩饰的眼神，让曾杰心生某种直觉。

好像曾经有个女人口中提及过，有一个"呆头呆脑、不解风情的男朋友"。不知为何，曾杰想起了这件似乎已经很久远的事。

"老师，您的学生中，有没有一个叫刘薇的女孩子？"突然，面前的吴伟这样问。

"刘薇？"曾杰皱起眉头。

吴伟的目光中好像闪耀着某种火光。

"您没有这样的学生吗？您不认识她吗？"对方仍在固执地提问，像是非要得到肯定的答案。

"不，我的学生中，没有叫这个名字的。"

这样的话，这个男人的真正身份，心里已大致有了数。曾杰猜想，或许连吴伟这个名字也是个假名。至于所谓的记者身份，应该也是假的。

"那您知不知道k艺术培训机构？""吴伟"接着问，"地址在城中的××街……"

"我知道，偶尔能看见他们的广告。"

"我之前去过那里，k机构有一位老师说，您同那里的老板是同窗，以前曾经和他一起搞培训班，不过后来很快您选择了继续考研，这大概是七八年前的事，现在只是偶尔会去那里走动，对吧？"

"是。"曾杰心中暗暗惊讶，没想到这个男人调查得这么深。

"这个叫刘薇的女子，曾经报过k机构在某商场开设的陶艺班，有没有可能，您去过那个门店，和她遇见过？"

曾杰摇摇头，冷静地说："她是那里的学生吗？不好意思，我确实有去过那儿，但只是为了跟老友叙旧，我没有注意过那里的学生。"

这是合情合理的回答。

"您一点印象都没有吗？""吴伟"说着，掏出一张照片给曾杰看。

曾杰看过，继续摇头。

"吴伟"就用仿佛要吃人的眼神一直盯着曾杰。

他的眼神让人不寒而栗，曾杰感觉他身上有股令人可怕的执着，还有一种近乎神经质般的疯狂。

"再说……那个地方，不是已经倒闭了吗？"曾杰想想开了口，"那家门店已经关了吧。我之前听我朋友说，那里经营得不太好，为了减少亏损就关掉了。先生,你打听这个做什么?"

"我知道那里关掉了。""吴伟"呢喃着,"老师,您再仔细看看呢?这么漂亮的姑娘,您一点印象都没有?"

曾杰只好又低头看"吴伟"给的照片,照片上是一个留着长发、笑容明朗的女子。

曾杰再度否认。

"她是我的未婚妻……"没承想,"吴伟"突然冒出一句,"两年半前的冬天,她失踪了,失踪的日子,正好是您工作室失火的前几天,您觉不觉得,这件事很巧合?"

没想到"吴伟"竟然把什么都交代了。

曾杰始终微笑看着他,到这时,已经感觉到这个男人并没有先前以为的那么聪明,对于他犀利的问题,也佯装想了一会儿才开口:"先生,你是什么意思?我怎么听不太懂你的话?"

"我还找过当时写火灾新闻稿的记者,对方说,火灾结束后,您拜托那家媒体不要报道这件事,还打点了一番对吧?这是为什么呢?"

"没有为什么,我的工作室完全被毁,多年心血全没了,这本来就不是什么让人开心的事,难道还要任由那些记者乱写,将这件'丑事'宣扬出去吗?"

话虽这样说着,内心里是真的又一惊。这个男人竟然连当时的记者都找到了。搞不好,从去年冬天到现在,他一直在调查自己。

"您认为那是丑事?"

"不好的事,都可以算作是丑事吧。"曾杰回答,"先生,你未婚妻的事,我觉得很遗憾。我也猜到你来找我的意图了,可是,你可能找错人了,我真的不认识你的未婚妻。"

曾杰将那张照片还给他。

"吴伟"很不甘心地接了回去,只见他翻动眼皮,像是想到什么似的说:"那么,曾老师,碰巧我这里有一件陶艺作品,不如你帮我看看吧。"

他说着从身后的背包里掏拽着什么东西。曾杰这才注意到木沙发上有一个背包。黑色的帆布料子泛着白,尽是磨损和使用痕迹。

"吴伟"从背包里掏出了一个用布包裹着的圆形物件,掀开布,里面是一个画着青花仕女图的盘子。

明显,是临摹曾杰的那组仕女图瓷器作品所制。

第三章

相遇

见过曾杰本人的杨正辉,并没能从曾杰口中得到想要的答案。

这其实是意料中的事,不过还是觉得有点失望。

如果未婚妻刘薇的失踪,同那场大火以及这个名叫曾杰的俊朗男人有关,身为当事者或是凶手的曾杰无论如何都不会承认。这是杨正辉的想法。

他从曾杰的工作室离开时,天快黑了。这一幕和去年冬天很相似,只不过,那时的他没有背着背包,肩膀上没有这么沉甸甸的重量。

实际上里面只是装着刘薇留下来的青花瓷盘而已,为何会觉得沉重呢?杨正辉一边走在水元村外的双车道小路上,一边心想。

两旁的梧桐已经有了新的叶子,在略显暗沉的蓝色傍晚中,显得朦胧不清。

收到曾杰回国的消息,立马就赶来,和上次一样,编造假名,伪装成记者的身份。出乎意料地顺利见到了曾杰。以为他在听到刘薇的名字时，一定会惊慌失措才对。

实际上，一点反应都没有。

曾杰既没有表现出惊吓，也没有表现出好奇，他只是不紧不慢地回答了杨正辉的问题，充分展现了一个事业有成的艺术家应有的风度。

连见到那个盘子，他也只是笑着说："这个盘子哪里来的？跟我的某件作品好像。"

他始终这么淡定，倒叫自称是记者的杨正辉窘迫，不过杨正辉还是恶狠狠地回答，是刘薇留下来的东西。

"是不是照着唐代周昉的《簪花仕女图》所作？"曾杰大方地回应，"因为我那组作品，也是从那里得到的灵感。"

"这个我不太清楚，"杨正辉还故意呛曾杰，"我只知道，这和您那组作品非常相似，我的未婚妻说，这是照着教课老师的作品画的。我感觉，就是照着您那组作品画的。"

"是吗？"

"对，从器型到使用的颜料，再到构图，完全是一个模子。甚至连用的泥和釉料，应该也是同一种吧？"

还记得，听到这些，曾杰的脸上终于有了异状，嘴角抽动了一下。可能是惊讶杨正辉竟然懂这么多陶瓷方面的专业知识。

"吴先生很专业啊。不过，我刚才也看了，泥是普通的高岭土瓷泥，釉料是普通的透明釉，我这里确实也有，可是，这就好像是所有的餐馆都会有白米饭一样，这是很基本的东西啊。至于器型，它只是一个圆形盘子，其实并没有什么特别的……再说，就算真是照着我的那组作品画的，有没有可能，是教她画瓷器的老师，临摹了我的作品呢？或者，其实是她从网上找的图片呢？"

没想到，这些都被曾杰巧舌如簧地"解释"过去了。

可是，两年前的曾杰，只是个寂寂无闻的小卒，刘薇又怎么可能知道有这么一位陶艺家，还去网络上搜索作品来临摹呢？

更何况，去那个培训机构调查时，得知那里的教课老师，基本是些在校学生，杨正辉不认为他们会知道那时的曾杰。

想着这些，杨正辉的思绪又在这半年来毫无进展、处处碰壁的调查中游移着。他再次感觉到，自己真是发现得太晚了。

不知不觉，杨正辉来到了大路上，一辆接一辆的车从路上呼啸而去，暂时没有看见空的出租车。

他站在路口等待，又开始怀疑，不会是真的找错了人吧？

这几个月间，除了调查曾杰，杨正辉还利用r博物馆馆长的关系，认识了几位草容大学艺术系的教授。对方对他这个历史专业要转修艺术史论的学生也颇有兴趣，一位专门研究古代美术史的教授表示，如果他能通过今年研究生考试的初试，一定会在复试时选他做学生。紧接着，教授又介绍了几位学长给他认识。曾杰回国的消息，正是从一位大个子学长那里知晓的。

没见到曾杰前，对曾杰的所有了解，都来自对认识曾杰的人旁敲侧击的打听和之前在新闻网站上下载下来的那张照片。杨正辉常常盯着那张照片，幻想着曾杰究竟是怎样的一个人。

阴险、狡猾、坏——主观上，杨正辉认为曾杰应该是那样的。那是对一个可能害死了自己未婚妻的男人的憎恨和臆测。

可实际上，面对面坐在曾杰面前，之前的那些想象都破灭了。

从曾杰的谈吐中，明显能感受到他是个极为优秀的青年才俊。这样的人，能获得成功不是没有道理的。

真是让人嫉妒。

杨正辉觉得自己有些疯狂，但控制不住产生了这样的情绪。想到曾杰工作室里那些精美的陶艺作品,甚至感觉曾杰本人就像是一件完美的瓷器,在这件瓷器光滑透亮的表面上,杨正辉看见了倒映出的自己,是失败且无能的。

这时刚好有空的出租车经过,杨正辉伸手拦截。出租车停下,他坐了上去,前排留着胡子的司机大叔问他要去哪儿。

"去草容大学城南的分校区。"杨正辉想了想说。

一时间没有别的地方可去,肚子刚好饿了,大学附近总是有很多吃食小店。

出租车将他送到了草容大学城南校区外的一条美食街上,杨正辉走下车,现在正是热闹的吃饭时间,街上净是学生模样的年轻情侣。

这一片因为考研的事,他来过几次。整个草容大学总共有三个校区,城南的这一个是艺术学院、法学院和化工学院的专属校区。如果杨正辉今年顺利考上,也将会来这里学习和生活。

同时,身为艺术系讲师的曾杰,也是在这个校区任教。

杨正辉在街上瞎逛了一会儿,找了间有空位的小面馆吃了碗面。再出来时,天彻底黑了。街上小店的招牌依次亮起,闹嚷嚷的气氛让他觉得一下子又回到了学生时代。

不知何故,还是不想回家,又想起附近好像有一家大书店,之前来时路过,但没有进去。不如趁这个机会去逛逛,买几本专业书。

转修艺术史论的动机虽然不纯粹,但杨正辉还是打算认真对待。这是他学究气的性格所决定的。艺术史和历史,虽然都有个"史"字,却是完全不同的学科,研究的对象也不一样,是陌生的领域。

书店是某个著名的连锁品牌书店,总共有两层,杨正辉走进去,在迷宫似的书架间穿行,终于在一楼的角落里找到了对应的专区。徘徊一阵后,他拿了一本《西方美术史》。往前又走几步,看见靠近窗户的地方,供客人阅读的桌椅还有空位,便走过去坐下。

他翻看着书页,却一个字也没看进去。不是书上的内容不能理解,而是有关曾杰的事情又跃入脑海中。

还是不能就这样放弃。不能因为那个男人的一面之词就相信他。

这种疯狂的执念重新回来了。

这时已经接近晚上八点,书店的生意很好,陆陆续续地,身旁和对面的座位,都被抱着书的客人填满。

杨正辉改变主意,打算干脆将书买回去看,他抬起头准备离开,却刚好看见,自己的对面,不知何时坐了一位低头看书的女子。

女子一头浓黑的长发,皮肤很白,低垂着眼皮,盯看着一本厚厚的书,她一手撑着头,一手翻动书页,身上穿着一件浅蓝色的薄毛衫。

杨正辉一下子愣住了。这不正是自己心心念念着的未婚妻刘薇吗?

"薇薇……"

他几乎是要喊出声来,不过,很快他意识到,自己是眼花认错了人。

对面的女子只是和刘薇有些神似,她并不是刘薇。

好在,女子双耳塞着耳机,没有注意到杨正辉刚才的失态,也或许是这个原因,她好像完全不在意四周发生了什么,只是目不转睛地盯着书页。

杨正辉感觉窘迫,却控制不住地偷偷打量了一番女子。这样仔细一观察,女子其实和刘薇完全不像。事实上,她比刘薇要漂亮,高挺的鼻梁,秀美的眉毛,加上专注的神情,产生的是清冷的气质美。

看来真是自己太过思念刘薇了。

正想着,女子好像是觉察到了杨正辉的目光,她抬了一下眼,视线刚好和杨正辉相撞。她的眼睛很有东方韵味,是一双十分有神的内双眼。

不过,几乎不到一秒,她又低下了头去。

很快，杨正辉又看见她合上了书页，将那本在看的书环抱在胸前，应该是打算离开。

可奇怪的是，女子没有站起来，而是整个人忽地向后平移，转了个圈。杨正辉这才发现，女子的身下，坐的不是书店提供的座椅，而是一把轮椅。

轮椅上的女子单手熟练地转动着椅子一侧，背对着杨正辉。那留着浓黑长发的背影，也消失在了触目可及的几个书架间。

这么漂亮的女人，却坐轮椅，实在是可怜。杨正辉下意识觉得惋惜。

此外倒并没有特别放在心上，又坐了几分钟后，他也站起来，准备离开。他绕过桌子，往女子离去的方向去，出口就在那边。

还没走几步，又看见刚才那位女子经过的地面上，好像有什么东西在闪闪发光。

杨正辉弯下腰仔细一看，是一串水晶手链。没记错的话，好像正是刚才那个女子手上戴的。

是她掉的东西。

那是一串用银色链子串起来的手链，链子上挂着半透明的黄色珠子。不知道是天然水晶还是人工合成的珠子，但应该多少值一些钱。

杨正辉将手链捡起来，握在手里，赶紧继续向前，追赶女子。急匆匆追到店门口时，只能看见外面灯火通明的街道，街上往来着一对对说笑着的年轻情侣。

女子已经走远。

"请问，刚才是不是有一位坐轮椅的小姐从这出去了？"杨正辉只好来到前台，询问店员是否看到女子的去向。

店员表示自己忙着收银，有注意到她离开，但没注意她往哪边走。

"有什么事吗？"店员反问杨正辉。

"没什么特别的。"杨正辉没有多解释，"哦，我要买这本书。"

他将一直拿在手上的《西方美术史》交给店员,店员接过,熟练地用扫码器扫描书上的条码。

其实,可以把手链交给这个店员,杨正辉想。等女子发现自己掉东西了,或许会回来找。

"那位小姐常来。"他正想着,店员说出这句话,"几乎每天傍晚她都准时来。您可以明天再来找她。"

对店员突然的这番话,杨正辉稍微感到纳闷,但随即意识到,或许对方以为自己是想和那位女子进行搭讪。

店员将包装好的书放到印着书店商标的袋子里,递给杨正辉,杨正辉接过,说了声"谢谢"。

如果那条手链是什么贵重的物品,贸然交给不认识的店员也不太好。因此,付过钱后,他还是带着那条手链一起离开了。

好感

第二天下午,杨正辉提早下了班,六点钟左右,他又赶到了那间书店。

坐在来时的出租车上时他一直在想,女子今天还会在吗?如果不在该怎么办呢?想着想着,竟然产生了紧张感,走进书店时,他隐约感到自己的心脏在不安分地跳动。

书店里的客人比昨天少,杨正辉沿着昨天的书架,走到那一片放着桌椅的位置,没有看见那个有着浓黑长发的身影。

难道是今天不来了吗?

担心的事似乎是发生了,突然心里又好像咯噔了一下。

脚无意识地开始踱步,他还没有放弃希望,接着在四周的书架边转悠,期待着能在哪里看到那个身影。

终于,在几米之外的窗户边,杨正辉再次见到了女子。

女子今天换了身衣裳,穿的是浅黄色的女式西装外套,瀑布一般的头发依然散着,她手上拿着一本书,正专注地阅读,窗户外斜射进来的

棕眼之谜

夕阳照到她身上,暖黄色的光下,她整个人都似乎在发光。

一阵失而复得的喜悦袭上杨正辉心头,杨正辉停住脚步,盯着女子,眼前的画面如同文艺电影般美丽,他呆愣了好一会儿,才回过神来。

稍微平复心情,杨正辉走到女子身旁,开口搭话:"小姐,打扰一下可以吗?"

女子今天没有戴耳机,一下子抬起头,由于她坐着轮椅,只能仰视杨正辉,杨正辉看到的是一张没有经过任何化妆品修饰,但依然艳丽得像女明星似的的脸。

同昨晚的短暂一瞥相比,这时她的容颜好像更具冲击力。

"哦……是这样……昨天,我捡到一串,一串手链。"

杨正辉莫名开始慌张,结结巴巴地说起前因后果,从裤兜里将昨天捡到的手链掏出来,递给女子看。

"这个是你掉的吧?"

"啊,是的。是我的!"女子以惊喜的口吻说,"真是太谢谢了。"

她将手链接了过去,脸上也跟着浮现出笑容。老实说,女子不笑的时候,美则美矣,却让人感觉有些冷淡,可这一笑,好像冰山突然融化了。

"还以为找不到了呢。真是太感谢你了。"女子再度道谢。

"这个东西应该很贵重吧?"

"不,不是多贵重的东西,只是,对我来说很重要。"话题到这里,似乎没有必要继续。杨正辉却不想离开,他的视线落转到女子手上的书上,今天她看的书应该是换了一本,没有昨天的厚,刚才说话时,女子将书合上了,杨正辉看见书皮,原来是英国作家艾米莉·勃朗特的《呼啸山庄》。

"啊,是《呼啸山庄》……"刚好,上大学时,杨正辉读过这本书,他的记忆力很好,还记得故事里有关复仇的爱情情节。

他借着这本书的契机，又和女子多说了几句话，女子同杨正辉礼貌地应答着。从她的谈吐中，能感觉到她是一位非常温柔的女性。

之后几天，杨正辉每天都去那家书店。一是为了学习需要，买回去的《西方美术史》，读得并不顺畅，需要别的书来辅助；二是那里距离曾杰的学校近，杨正辉在借此告诫自己，不要忘记对曾杰的"追逐"。当然，他也有一点想在那里再度看到那个坐轮椅的女子。

如店员所说，女子是店里的常客。几乎只要去书店，就能遇见她。她常在傍晚五点过的时候来，等到七八点就走。因为彼此也算是"认识"，相遇时，杨正辉会走上前同她聊几句。有时是互相推荐一下在看的书，有时候聊聊天气或电影之类不着边际的话题。一来二去，杨正辉发现自己和女子的喜好竟然很相合。比如，他们都喜欢某个英国作家的小说，喜欢某一位导演的电影，连听音乐的品味都是相似的。有一天晚上，两人说起一部影片，讨论得太过起劲，杨正辉竟然忘了时间，最后还是女子委婉地提出自己该回家了。

那天之后，杨正辉就常常在工作的间隙中，时不时地想起和女子聊天的情景，也感觉女子同样不讨厌自己。

她今年多大了呢？是做什么工作的呢？

有关女子的问题随之而来。

她的脸庞虽然年轻，但不太像是学生，加上又坐在轮椅上，应该做不了一般的工作。不过看她的衣着，杨正辉感觉她应该是出生在富裕的家庭，或许根本不用工作。

那么，天天来书店，也纯属是打发时间吧。

那又是为何会坐在轮椅上呢？

从外表上看，她的腿是完整的，不像假肢，也不像是先天的残缺。

077

可能，还是什么事故造成的。

联想到女子那有些清冷的长相，这样的可能性让她的身上又蒙上了一层神秘面纱。

不过想归想，杨正辉却没有下一步的行动，他甚至连女子姓甚名谁都没有询问，只保持着同女子在书店里不期而遇的悸动。他的心思，主要还是放在了如何接近曾杰的事上面。

又过了两天，之前认识的学长组织了一场聚会，是为了庆祝朋友的生日，也打电话叫杨正辉一起参加。若是从前的杨正辉，这种聚会肯定是一口回绝，可现在因为曾杰，只要是同草容大学有关的聚会，他一次都没有落下。

聚会地点是草容大学城南校区外的饭店，如杨正辉所料，学长的朋友大部分来自艺术学院，其中，包括和曾杰熟识的学生。

有一个矮个子、国字脸的学生，上过曾杰的课，还去过曾杰的工作室几次。杨正辉很自然地同他谈起曾杰。

"曾杰啊。"国字脸学生是入学不满一年的新生，有着年轻人桀骜不驯的个性，他直呼着曾杰的名字，"老实说，我感觉这个人挺会投机取巧的。"对身为老师的曾杰，也不太尊敬。

"是吗？"

"对啊，明明艺术这种东西已经够小众了，他偏偏还搞小众中的小众。在西南地区搞陶艺的，有几个？他根本没有什么竞争对手嘛。"

国字脸学生似乎认为曾杰的成功是投机而来。可这在某种程度上也是事实，开始学习艺术史后，杨正辉也关注起了艺术资讯。国内的陶艺家，多集中在江西地区一带，围绕着景德镇而发展，那里已经形成了成熟的陶艺圈子。不过相应地，竞争也会更大。事实上，曾杰的履历上也写着，他曾在那边求学,最后又回到草容市来发展。听他工作室的学生说,其实在草容市做陶艺很不容易,因为西南地区不产高岭土,用来烧制瓷器的泥料,必须从江西买,然后长途运输过来。

"我去上过几节他的课,感觉也没有什么特别的。"国字脸学生继续说,"跟一些真正的学者相比差远了。不过,他的学生好些都很拥护他。可能还是跟他那副装腔作势的模样有关吧。"

杨正辉默默地听着,为这位年轻学生倒了杯酒,同他碰杯。

其实杨正辉不喜欢这种见识浅薄却自视过高的年轻人,但现在正需要。

"听说,他现在还在筹备个人美术馆呢。真是有路子。"

"个人美术馆?"

"对啊,多少教授大佬都没完成的事,他这么年轻,却已经开始安排上了。真厉害。"国字脸学生的语气中,好像既有调侃,也有嫉妒的成分。

"美术馆……那应该要不少钱吧?"

"估计是,好像是已经把水元村附近的旧工厂买下来了,要升级改造……即便是旧工厂,应该也要不少钱。"

"曾老师那么有钱吗?"联想到曾杰火灾后买楼重建的行为,杨正辉对曾杰的财力感到震惊,"是作品卖得特别好对吧?"

"什么呀,他虽然有点名气,可实际上也就那样。据说是老婆家很有钱。"

"噢?"

"对,欸,你可别跟别人讲啊。"国字脸学生说着压低了声音,"我听他的学生说的,他老婆好像是个残疾人。"

"残疾人?"杨正辉一惊,这是之前没有听到过的消息。

一直以来,认识曾杰的人,都对曾杰称赞有加,很少听到负面的消息。

棕 眼 之 谜

杨正辉深感这一趟没有白来。

"好像是因为什么意外导致的残疾,可能也是觉得那样的老婆拿不出手,所以曾杰很少带老婆露面……不过我觉得啊,会娶那样的女人做老婆,也多半是为了钱吧……"国字脸学生摇着手上的酒杯,大胆地说着恶意的猜测。

聚会的饭局在八点左右就结束了,学长提议进行下一场,去附近的KTV里继续。杨正辉犹豫着要不要再跟去。

国字脸的学生在跟杨正辉说过话后,注意力很快转到了聚会中一位女学生的身上,将杨正辉撇在一边。KTV那种嘈杂的环境,很难再聊些什么,纠结一番,杨正辉借口要回去看书,提出先告辞。

大家都在兴头上,也没有多少人挽留他,只有邀请他来的学长说了句:"那真是可惜了。下次一定要跟我们一起嗨噢。"类似这样的话。

杨正辉在饭店门口别过这群嬉笑的年轻人,往跟他们相反的方向去。很快,他又来到了常来的美食街上。

街上依然熙熙攘攘,身边没有其他人,不喜欢热闹聚会的杨正辉,竟然有种平静下来的感觉。

经过书店的时候,杨正辉没有走进去,他确实乏累了想回家,再者,他估计这个时间,轮椅女子就算今天去了书店,应该也离开了。

他穿过美食街,来到路口,站在那里打车。

正好遇到晚上的交通高峰,接连经过很多辆出租车都有人坐。身旁还站着几对欲打车的年轻学生。连街对面的人行道,在街灯的掩映下,也能清楚看见三三两两站着等车的身影。

突然,视线漫无目的扫视时,杨正辉看见对面那几个候车的人中,有一个熟悉的身影——轮椅女子。

她在几个年轻人旁边的位置,茫然地盯着路上来往的车辆。

第三章

杨正辉不敢相信自己的眼睛,竟然会在书店以外的地方遇到她。

之前看她常来书店,还以为她是住在附近的人。现在很明显,她应该也是要打车离开。可是,她坐在轮椅上,要怎么坐车呢?要坐上车,得从轮椅上起来才行吧?

杨正辉既好奇又担心。抱着这些想法,脚已经自然地迈开步,他打算穿过人行道,到她的身边去,像平常一样跟她打个招呼,说两句话。

只是还没走两步,已经看见一辆车在她前面停了下来。是一辆黑色的私家车。应该是她的家人来接她了。杨正辉没有再继续往前走,停下来看着那个方向。

黑色私家车亮起双闪灯,驾驶座上下来一个穿西装、戴着金属边眼镜的男人,男人先走到后排,打开后座车门,随后来到轮椅女子身边,以熟练的动作将她抱上车。再打开后备箱,将女子的轮椅收了进去。这个过程大约只用了两三分钟。

黑色私家车很快再次启动,疾驰而去。

杨正辉站在原地,只感到自己再也挪不动脚步。因为刚才从车上下来的男人,不是别人,正是曾杰。

"他老婆好像是个残疾人。"

方才聚会上,国字脸学生的话,随着耳边呼呼的夜风一起,让杨正辉的脑子里好像有什么东西在嗡嗡作响。

第四章

回家

随着车子的前行,车窗外的夜景有节奏地跳动着。从美食街出发,往前行驶几条街,大约四五公里的距离,就是曾杰和妻子白晓铃的家。

路途不远,没有堵车,市内的道路限速四十公里每小时,平常很快能到达的距离,这时变得漫长了。

这样的感觉,是后排坐着的一脸天真的白晓铃导致的。

行驶到红绿灯路口时,曾杰瞄了一眼后视镜,刚好,白晓铃也在看他,两人的视线在镜中短暂相遇。

曾杰预感她会说点什么。

"美术馆……筹备得怎么样了?"果然,听见她以积极的口吻说。

可她语气中的积极很让人反感。明显是硬生生挤出来的。

"嗯,很顺利,我正在设计内部的装潢。"

"是打算自己设计吗?"

"是。"曾杰干瘪瘪地回答。

"自己设计能搞定吗？还是请专业的设计师来吧。"

"我就是专业的。"曾杰瘪瘪嘴，再度感到和妻子没什么好聊的。以前还不觉得，自从她的腿坏掉后，这种感受日益剧增。

或许本来两人就没有多少共同话题，只是以前还可以用一起约会、游乐等事情来掩盖，即便没有话题，也不至于太尴尬。现在的妻子几乎什么都做不了，也去不了太远的地方。两人唯一能做的事情就是说说话，这才暴露和加深了两人间的隔阂。

"新来的阿姨怎么样？"曾杰想了想，提起了新请的保姆。

白晓铃这样的状态，家里请保姆是必须的。之前那一个年纪小，白晓铃不喜欢，现在换了一个四十多岁的中年妇女。

"嗯，挺好的，做饭也挺好吃的。"

"那就好。我不在的时候，你需要什么跟她讲就是。"曾杰看见绿灯终于亮了，再次踩下油门，"最近忙美术馆的事，我可能会很忙。"

言下之意是，不会经常回家。事实上，回国这段日子里，曾杰回家的次数屈指可数，大多数时候，他都在工作室，偶尔闲下来，就去找陈语荷。

白晓铃只轻轻地应了一声。

"要是没什么事的话，还是在家里待着吧，你老这样跑出来，不大好。"曾杰又说起了白晓铃去书店的事。

"但我还是想出来看看嘛。家里太闷了。"后排的白晓铃笑着说，"没关系，你忙的话不用来接我。我自己回去就行。"

曾杰又瞄了眼后视镜，看见白晓铃脸上因笑容上弯的双眼。

"随便你吧。"曾杰没多说话。妻子那张讨好的笑脸，只让他感觉心烦。

可能的话，他希望妻子不要出门，或者说，不要来学校附近，但对于坐在轮椅上的妻子来说，来这家离家最近的书店看看书的确是唯一的娱乐了。她的双腿从膝盖以下没有知觉，不过还是能完成一些基本行动，比如，只要有人帮扶，她可以自己从轮椅上起来，挪动到车座上。大多数时候，曾杰都让她自己打车回去，只在有空的时候来接她。不过很明显，她总去那里看书，等曾杰一起下班的目的占了更多成分，因为她每次出门，都会给曾杰发一条信息："晚上一起回家吧，我去书店。"有时候碰上心烦的事，看见那条信息，就像一道催命符。

"妈妈是不是这两天会过来？"突然，后座的白晓铃又说道。

白晓铃口中的"妈妈"是曾杰的母亲，她娘家的母亲是不会"过来"的。

"她明天到，我今天刚跟她通过电话。"

"你要忙的话，要不要我去接她？"

你怎么去接？曾杰真想脱口而出这句话。不过还是忍住了，淡淡地说："算了，还是我去吧。"

你就不要出去丢人了。这句话压在了心里。

以前，也发生过乡下的母亲过来，白晓铃瞒着曾杰，好意去接母亲的事。可那次闹得很不愉快。白晓铃似乎总是会忘记自己身有残疾，也不清楚自己的残缺，会给周围人带来多大的不便。当时，已经坐了几个小时车的母亲，本来就累得不行，却还要拎着大包小包的行李，推着白晓铃从车站里出来。车站里人来人往，母亲带着她这个拖累，不知怎么回事被人挤得摔了一跤，白晓铃却什么忙也帮不上，最后还是曾杰急匆匆地从某个重要的学术会议上离席，赶过去解决的。

母亲当着白晓铃的面没多说什么，事后则明确表示，以后不要让白晓铃来车站接她。

"我……我只是想帮你的忙。"后座上，白晓铃好像很失望，这样嘀咕了一句。

曾杰装作没有听见，改口说起另一件事："你最近跟你爸联系过吗？"

"没。"

"什么时候，给他打个电话吧。"

"有什么事吗？"

"美术馆那边还需要钱，可以的话，帮我跟他说一说。"

"你是说，美术馆那边的钱，是我爸出的吗？"白晓铃似乎有点意外。曾杰没有跟她提过这件事。

"对。"曾杰倒没有丝毫愧疚，坦率地说道，"我问你爸借了一千万。但是，还是不够……"

"一千万……"白晓铃重复了一遍，"我还以为，这次的美术馆项目，是你们学校……你之前不是说，学校那边也很支持这件事吗……"

"可我总不可能一分钱都不出，就白得一间美术馆吧？你也太天真了。"曾杰翻了个白眼，语气跟着不客气起来。这是他在妻子面前的常态。

白晓铃没有接话，可能是感受到了丈夫的不耐烦。

"总之，我现在正在上升期，你可能不太明白，上上下下，四处打点，都需要钱。这件事情，你爸之前也是很赞成的……"

考虑到毕竟有求于她父亲，曾杰的语气又收敛了。

白晓铃还是没有接话。

两人在沉默中回到了住的小区。车子停在地下车库，曾杰抱着妻子回到轮椅上，送她到了电梯口。

"我工作室还有事情。"曾杰说着按了电梯的上升按钮。

他的意思是，不回家去，也不上楼。

白晓铃点点头，电梯门开了，她自己摇着轮椅进去。又灵活地转过来，和电梯外的曾杰四目相对。似乎是又想说什么，但没说出口，只吐出四个字:"注意安全。"脸上还是那招牌式的讨好笑容。

"你爸那边,记得跟他说。"

曾杰帮她按了关门按钮,两侧的电梯门向中间缓缓合上,最后那一刻,恍惚好像看见白晓铃脸上的笑容瞬间消失了。

电梯门边的小屏幕,显示电梯正在往上走,数字缓慢地变化着。

母亲

一早从工作室赶到学校,开完一个教学会议,又处理完几件琐事后,曾杰开着车,去东边的列车站接母亲。

在人来人往的出站口等了一会,和此前多次一样,拎着大大小小的口袋的母亲跟着人流走了出来。曾杰赶紧上前接应。

"妈,我都说了不要带这么多东西。"曾杰抱怨道。低头一看,果然都是些老家的土特产,类似风干的腊肉香肠和不知道哪里买的糕点。

母亲呸呸嘴,表示她还想拿更多,只是一个人力量有限才作罢。

曾杰无奈地笑笑,带着母亲经过车站前的广场,来到停车区,将东西放在后备箱里,母亲坐上了副驾驶。像是很意外似的,母亲左右盯看了一下,问道:"欸,那个扫把星没一起来吗?"

母亲口中的"扫把星",是妻子白晓铃。当然,这是母亲私下里对白晓铃的称呼,白晓铃不知情。

"嗯,我没让她来。"曾杰一边系安全带一边回应。似乎婆媳关系永远都是个难题，母亲从白晓铃的腿残疾后，就一直讨厌着白晓铃。

"没来也好。省得一来就看到那张晦气的脸。"

曾杰不应声了。他疲于调和母亲和妻子之间的关系，已是随它去的放任心态。

大约一小时后，他们回到了在城南的家。敲开门后，新来的保姆前来开门，告诉他们，白晓铃出去了。

"出去了？"曾杰很意外。

现在才刚过中午，平常都是两点才去书店的她竟然这么早就出门了。而且，今天没出太阳，天气阴沉沉的，她明明不喜欢在阴天出门。

"呀，不会是知道我要来，故意出去的吧？"母亲用讥讽的语气说。

"哪有，妈，你想多了。"

"算了，不在也好。"母亲翻了个白眼，自顾自地往她自己那间房去。

这套房子是四居室，在买的时候，就考虑到母亲会来住这一点，预留了一间小睡房给母亲。剩下三间卧房分别是曾杰的书房、曾杰和白晓铃的卧室，还有给未来小孩的儿童房。

只是计划赶不上变化，白晓铃的腿残了后，书房加了一张睡觉的小床，变成了曾杰的睡房，留给孩子的儿童房变成了保姆的休息室。

"妈，这次打算住多久呢？"曾杰跟过去问。

"可能一个月吧。"

母亲表示这次来是因为要参加老同学的聚会，之后打算再和朋友去附近的景点玩。

曾杰点点头。打算母亲在的期间，每晚都回家来。这样做是担心独自放母亲和白晓铃在家中，母亲又会生气。按照母亲的性格，很有可能会变成那样。

也曾想过要不要另外再买一套房，不过草容市的房价涨得实在太快，即便曾杰已经算是个成功人士,也略感吃力。再者,从两年前到现在,甚至未来的几年,他可能都很需要钱。

"那个扫把星都那个样子了,还成天往外跑,真不安生……"母亲又抱怨起了白晓铃,"你啊,还是得多看着她……"

"嗯。"曾杰一边帮母亲整理行李,一边应。

过了一会儿,东西整理得差不多了,母亲往外看了看,见保姆在厨房里忙活,放心似的压低声音问曾杰:"我说,杰儿,那个扫把星,到底还能不能怀上孩子啊?"

"啊?"

虽然几乎每次来都要问这个问题,但突然这样提及,曾杰还是一惊。

"不是我催你们,你都这么大了,你看看你的表哥堂哥们,哪家的孩子不是都会打酱油了?按我说,要是她真的不能生了,你趁早跟她离婚算了。"

"妈……"

"再说,你看看她那个样子,她已经是个残废了,你带出去也嫌丢人是不是?你现在可是光宗耀祖的时候,她那个样子根本就配不上你……"

母亲絮絮叨叨说个不停,曾杰根本插不上话。

如果说白晓铃的残疾让母亲不喜欢她,迟迟没有怀孕这一点更是让母亲对她的反感到了极致。

但按照现在的情况,白晓铃根本不可能怀孕。曾杰很清楚这一点。况且就算怀孕了,照顾一个残疾孕妇,不是更加麻烦吗?

有过好几次,他想同母亲坦白自己的处境,坦白自己现在也需要白晓铃家的钱,又觉得难以启齿,最后还是任由母亲误会。

"妈,这些话,我们关起门来说就行,你千万别让晓铃知道。"

"我当然晓得。"母亲又白了曾杰一眼。

棕眼之谜

当天下午,曾杰没有离家,就在家里看看电视,陪着母亲。到傍晚时,曾杰拿起手机,发现没有白晓铃发来的信息。

以往白晓铃外出去书店时,大约下午两点钟,就会给曾杰发来那条催命符似的信息。如果曾杰有空,能够在七八点的时候接送她回家,就找个课间的时候回复。如果不能或是不想去,就装作很忙没看见,不予理会。今天应该也是去书店了才对,可怎么始终没发信息呢?

想打个电话问问看,又觉得没必要。

直到天黑时,大门终于响起指纹锁的开合声,保姆听见门口的动静赶紧去接应,门一开,白晓铃摇着轮椅进来了。

她的轮椅侧边上,竟然还挂着一条鲫鱼,应该是去过家附近的菜市场。虽然白晓铃腿残废了,但一些基本的琐事她还是尽量在做,比如偶尔去买菜。

"妈,你来了啊!"她用兴奋的语气,跟听见动静走出房门的曾杰母亲打招呼。

母亲挤出一个敷衍的假笑回应她。

"我买了鱼,晚上让阿姨做。"

"今晚怕是赶不上,饭已经做上了。"母亲嘟囔了一句。

"没关系,来得及。"白晓铃让保姆把鱼拿到厨房,"我们可以晚一点吃嘛。"

客厅里的曾杰皱皱眉毛,真不知白晓铃的行为是天真还是故意。她难道不明白,母亲大老远过来,奔波一天,饿着肚子,自然想早一点吃饭的心情吗?

"你去哪儿了?"曾杰问白晓铃。

"哦,我去书店了。因为打算提早回来,就没有跟你说。"

提早?这是提早吗?外面天都黑了。曾杰真想这样顶回去。

讨厌一个人的时候,对方连呼吸都是错。对待白晓铃,曾杰现在就是这样的心情。

"鱼还是先留着,明天再吃吧。"曾杰面无表情,否决了妻子刚才的提议。

以往曾杰母亲在家住,总是不免和白晓铃发生口角。大多时候,白晓铃总是退让,不与母亲吵。只是,上了年纪的母亲爱斤斤计较,白晓铃不在时,她定会跟曾杰持续地抱怨。

这一次,曾杰也做好了听母亲抱怨的准备。

一连好几天过去,这种情况却没有发生。曾杰每晚回家,母亲都已早早睡下,第二天早上见时,也都笑嘻嘻的。

有一天,终于觉得好奇,他便找了白晓铃外出的时间,问母亲这几天是否玩得开心。

"当然开心啊。那个扫把星每天早早出门,我不知道多开心。"母亲乐呵呵地说。

"晓铃很早就出门了?"曾杰只对这一点在意。

"嗯,一般吃过午饭马上就走了,说是去书店。"

去书店……这些天,两点左右还会收到"催命"短信,但曾杰没去接过她。也就是从中午,直到晚上七八点,都泡在书店里。在那种地方,可以待那么久吗?

"晚上呢?她什么时候回来?"为了确认,曾杰还是问了一句。

"保姆说不是七点多,就是八点钟……我也不清楚,有的时候我回来得比她晚……"母亲耸耸肩,不以为然地回答。

回来的时间倒没什么问题。

也许,妻子是故意为了避开和母亲的口角,才每天都早早地躲去书店。曾杰没有想太多。

又过去两天,离母亲离开的日子只剩下两三天,还以为这一次终于顺利度过时,婆媳间的争吵还是发生了。

那天,曾杰一早照常去学校,同几位教授商谈美术馆的内部装潢问题,本来只是为了表示尊重,随便拿的设计图给他们看看。没想到几个老头子却真的认真了,对着曾杰拿过去的设计图指指点点。

"这里不好,不应该用这个颜色……"

"这边的设计不够国际化……"诸如此类,在曾杰看来完全不着边际的评价。

就在曾杰忍受着他们的指点,想找个借口结束谈话时,母亲的电话打来了。

"你赶快回来!我现在就要走!"

一接通,就听见母亲尖锐的声音,隔着听筒都能感觉到母亲的怒意。

"马上回来,送我去车站!"

还没等曾杰说点什么,母亲挂了电话。

曾杰中断和几位教授的谈话,离开学校,开着车匆匆赶到家,一推开门,只见母亲气鼓鼓地坐在沙发上,旁边放着打包好的行李。

"妈,咋了?怎么突然要走?"

"还不是那个扫把星。"母亲冷哼了一声,说着拎起行李箱就往外走。

曾杰无意挽留母亲,也知道挽留无用,只好过去帮她拎箱子。两人很快出了门,坐着电梯下楼。

母亲骂骂咧咧个不停,但嘴里都没有什么实质性的内容,还是在说白晓铃残废无能,又没有孩子,导致她在亲戚朋友间抬不起头等。总之,骂了半天,曾杰还是没明白,到底是什么事惹得她突然发火。

一直到坐上车,往前开了一段路后,母亲终于消停了点,曾杰见状问:"是晓铃做了什么吗?"

"可不是嘛,一大早就跟我顶嘴,可凶了!她不仅骂我,还打了我一巴掌!"

"什么?她?她打你?"

"对,还说我是个老不死的东西,还叫我不要再来!"曾杰听着母亲的话,心想,母亲又在夸张了,白晓铃根本手无缚鸡之力,绝对不可能打她,而且按照白晓铃那软弱的性格,骂人的话也是一句都说不出来的。

好像以前也有过类似的情况,只是因为白晓铃买给母亲的东西不合意,母亲便夸大其词,将事情说得很严重。

想必,她们今天吵架,多半也只是因为什么微不足道的小事起了摩擦。

"晓铃到哪儿去了?"曾杰不打算问她们的吵架原因了,想起刚才在屋里没见到妻子,改问母亲。

"不知道!她爱去哪儿去哪儿!"母亲歪着嘴回答。

看来母亲真的很生气,感觉比之前的许多次都更生气,因为母亲接下来又说:"你还是赶快跟那种女人离婚吧!或者,去外面找个小三都行!"

情人

送走了母亲后,在车站外,曾杰给白晓铃拨通了电话。"嘟嘟"两声接通后,传来的是白晓铃充满歉意声音:"老公……对不起……"

"妈已经走了。"本来想凶她两句,听见那个声音又觉得不好开口,"之前不是都好好的吗?怎么最后两天反而……"

"真的抱歉……"听筒那头的声音好像带着哭腔,很委屈似的。

曾杰仿佛看见了白晓铃那张哭兮兮的脸。白晓铃的腿残疾的初期,有一段时间她总是以泪洗面,曾杰已经看够了她泪眼婆娑的样子。

"好了好了,已经没事了。"曾杰随口安慰了两句,没再追问。

挂了电话后,站在人潮涌动的车站,曾杰叹了口气。

母亲走了也好,至少,这场闹剧是结束了。

曾杰再见到白晓铃是在当天晚上,她垂头丧气地回家。曾杰也没问她去哪儿了。不过想想也知道,除了那间破书店还能去哪儿。

白晓铃回来时,心情好像已经调整过来了,她兴高采烈,装作什么都没发生过似的跟曾杰打招呼:"妈妈有没有说下次什么时候来?"

"没有说,估计近段时间不会来。"曾杰也装作什么都没发生过似的答道。

曾杰知道这是白晓铃化解危机的方式,应对生活中的不如意,她只会躲在某个地方自己哭泣,想办法自己调节,她一定会化解同其他人的矛盾。这是她腿残疾后最大的变化之一。

曾杰想,白晓铃会变成这样,无非是因为她心里明白她自己的处境。她是一个残废,是一件次品。身为次品,没有资格生气或动怒。无论丈夫还是婆婆,甚至其他人,她都应该尽力去讨好,否则,被抛弃就是她的宿命。

和此前多次一样,白晓铃顺利将委屈都咽进了肚子里,这是无疑的,因为几天后,曾杰收到了岳父的打款。

"听晓铃说,美术馆那边还需要钱是不是?"岳父还打来了电话,"你这孩子,干吗瞒着我呀,不是晓铃跟我说,我还不知道呢。"

"爸爸,其实这是小问题,我是想自己解决的。"曾杰在电话中假意推辞几句。

能够想象,白晓铃跟父亲通信时,她是如何强颜欢笑,佯装自己生活幸福,再自然而然地将话题转到钱上面来。

曾杰只见过那样的白晓铃一次。是一次带她去公园散步时,她趁曾杰去买东西时,躲在一个凉亭旁边,用积极的语调跟父母打电话。挂上电话后,她却不自觉地偷偷哭了。曾杰当时远远地瞥见了这一幕。

那一刻,他的心有短暂的触动,不过,也仅仅是那一刻而已。

生活很快恢复了常态,美术馆的装潢有条不紊地进行着。曾杰四处联络相熟的学者教授,请他们在开幕时来参加仪式;又到本地的美术协会去笼络人才,吸纳更多的艺术作品。

和白晓铃的那个家，自然是又不常回去。连每天的那条"催命"短信，也自动忽略掉。

曾杰见得最多的女人，还是陈语荷。

某天晚上，两人在一家酒店约会，曾杰想起，美术馆开幕式的邀请对象中，也包括陈语荷的校长父亲。

于是他问陈语荷："我给你爸也发了美术馆的开幕邀请，他有没有收到？"

"你要请他去啊？"躺在房间床上看杂志的陈语荷翻了个身，"我好像没听他说过有这样的事。"

"还有两个月呢，但是保险起见，我已经发了邀请给校长办公室那边。"

"那也太早了。"陈语荷嘟嘟嘴，"你最好临到的时候再通知他。"

"可那样的话，万一和他的其他行程相撞了怎么办？"坐在一旁沙发上处理学生论文的曾杰转过身，"可能的话，你回家的时候帮我问问，盯着他。他可是压轴大人物，一定要到场的。"

"好啊，如果我告诉他，我和你在约会，他一定会去的。"陈语荷放下杂志，故意作弄曾杰，"只是不知道他有什么反应。"

"你不会跟他说的。"曾杰知道陈语荷在开玩笑，"再说，你爸那样地位的男人，就算他知道了，也会理解的。"

"是吗？"

"身为校长的他，身边的女人应该不少吧？"

陈语荷没有应声，她翻了个身，整个人仰躺在床上，盯着天花板，像是回忆起了童年往事。

曾杰知道自己说中了，她奔放的性格和爱情观的形成，和她那个风流父亲一定是脱不了干系的。

接着，听见她叹了口气说："可我和你的情况不一样啊，如果我爸知道，我也成了他身边的那种女人，他一定会气死的。"

"你说什么傻话，你怎么会是那种女人呢？我们不是因为爱才会在一起的吗？"曾杰放下手上的事坐到床边，抚弄了一下她的头发。

"可是，我们两个这样，也不是办法吧……"

陈语荷也坐了起来，从背后将头靠在曾杰肩上。

提到这个话题，换曾杰不应声了。两人都沉默了一会儿。

夜色渐渐沉下去，从这家酒店的落地窗户，可以看见草容市灯火璀璨的绚丽夜景。

的确，这样和陈语荷在一起不是办法。可是，离婚这件事一时半会无法做到，再说，还有白晓铃家的钱，曾杰实在是割舍不下。

"欸？我突然想起，你老婆她平常都在干吗呢？她那个样子也没法出去上班，就成天泡在书店里吗？"似乎作为一个"小三"，陈语荷最关心的还是"正室"，她提起了白晓铃。

"差不多是这样。变成残废后，和以前的朋友也没有再联络，又没有别的什么消遣，能活动的地方有限。"

"可你就放心她一个人坐着轮椅出门吗？"

"有什么不放心的。"曾杰无所谓地说，不认为自己对妻子疏于关照，"不能因为她腿脚不便就限制她的自由，这样才是放大了她的缺陷……她拼命地外出，无非也是想证明，她还是能正常生活。"

话虽这样说着，曾杰却习惯性顺势掏出手机来看了一眼，屏幕上的通知栏下有一条未读短信，是下午两点白晓铃发来的"催命"短信。看来白晓铃今天也在书店。这些天她依然是天天往书店跑。

确定了这一点后，曾杰感觉放心了。

这一系列动作被陈语荷看在眼里，她皱起眉头，以戏谑的口吻说：

棕眼之谜

"看来,你还是很关心她的嘛。"

曾杰淡淡一笑,马上将手机收好,又说了几句甜蜜的情话来逗陈语荷开心。

"说起来,你以前那些女人,都断干净了吗?"只是,甜蜜情话不太奏效,陈语荷再次斜着眼问。

"当然断了。"

"总共有几个来着?四个还是五个?"

"过去的事就别提了……"曾杰转移话题,"我可是遇到了你,才觉得总算是遇到了真爱……"

这是再虚伪不过的谎言,可陈语荷很受用,她努了努嘴,不再追问。每个不成熟的女人的潜意识里都有一场浪子为自己回头的幻梦,曾杰利用的就是这种心理。

事实上,在陈语荷之前,曾杰身边究竟有过多少女人,他自己都数不清。年轻时,可能是外表出众,曾杰很有女人缘。自从他娶了白晓铃,摇身一变为暴发户家的女婿后,荷包的充实使得他身边围绕的莺莺燕燕更加多了。他一度来者不拒,只是成也萧何败也萧何,在女人堆里打滚让他尝过甜头,也吃了苦果。

看着眼前陈语荷这副既天真又执着的样子,曾杰自然想起了类似的另外一个女人。甚至他想,那个女人如果还活着,搞不好会和陈语荷成为朋友。

"那么,你和她们分手时,都没有人纠缠吗?"好巧不巧,陈语荷提了这个问题。

"没有。"曾杰面不改色地回答。

"真是难以置信。看来,她们也都不是真心喜欢你,否则,才不会那么容易就放手呢。"

"可能是吧。"曾杰再度挤出笑容。

玻璃窗外，夜深了，星星点点的灯光都暗了下去，像是谁用黑布把天空彻底蒙上，只隐约从布的小孔中露出一两丝零星的亮点。

曾杰恍惚中走了神，这段时间总是这样，只要一想到过去那个难缠的女人，他的眼前，立刻就会有火焰缓缓升腾而起。此刻，曾杰好像看见一把大火放肆地跳动着，将黑布一般的天空顶端，都渲染成了血一般的颜色。

赤色的天空中，时隐时现的，是一个穿着破破烂烂的夹克、拿着青花瓷盘来找自己的丑男人……

说起来，会这样不断地想起那个女人，也是因为那个男人的出现……

究竟，该如何处理那个男人呢……

还以为他会多番纠缠，但竟然又再没出现过了……

是已经放弃了吗……

"喂，我跟你说话呢！"陈语荷见曾杰又没有反应，提高声音分贝。

曾杰眨眨眼睛，一惊，回过神来。

"我说，你在外面乱找女人的事，你老婆都不知道吗？"

"当然不知道。"曾杰咽咽唾沫，想也不想就回答。

"你看你这样多过分啊，不如早点跟她离了吧……你离婚了，我就跟我爸讲我们的事……你做我们家的女婿，你的仕途会很顺利的……"

陈语荷一边说，一边用手环上曾杰的脖子，往曾杰的耳边吹着热气。曾杰一个激灵，不搭话，而是敷衍地将她搂进怀里，温柔地亲吻抚弄她。

顺手，曾杰将房间灯也关上了。

第五章

念头

见到轮椅女子坐上曾杰的车的那一晚,杨正辉回到家,无心做任何事。发愣到深夜,他洗漱一番躺到床上。

怎么也睡不着。

天花板上黑黝黝一片,却好像是电影的幕布,正在反复上演傍晚看到的那一幕:曾杰熟练地抱起轮椅女子,坐上车后座,疾驰而去。

没想到,轮椅女子竟然是曾杰的太太。

为什么偏偏是曾杰呢?

杨正辉瞪着眼睛,心里不是滋味。他甚至想,如果他早一点问轮椅女子姓甚名谁,家住哪里,或许便会早一点知道这件事。

可知道了又如何呢?这是无法改变的事实。

翻了个身,叹了口气,看见窗户外隐隐的一丝月光,夜风从窗户的缝隙中吹进来,掀起房间里窗帘的一角。

杨正辉往被子里缩,接着想,或许早一点知道的话,自己就不会对在书店和她相遇的事怀抱着期待和兴奋,也不会因为她是曾杰的妻子便觉得懊丧不已。

第二天,顶着没睡好的昏沉脑袋,杨正辉木偶一般地在r博物馆工作。最近博物馆又到了淡季,杨正辉提早下班,晃悠着走到附近的车站,纠结一番,还是打了个车去了那间书店。

刚踏进书店门,正在打扫的店员就冲杨正辉搭讪:"帅哥,今天这么晚啊。美女四点钟就来等你啦。"

店员的脸上挂着八卦的微笑,像极了中学时代那些知道班里有人早恋,便热衷于起哄的同学们。

不过这不能怪店员,杨正辉天天同轮椅女子闲聊攀谈,每天都目击到的店员有这样的想法不意外。甚至,店员或许觉得那是一件浪漫的事。

如果轮椅女子不是曾杰的妻子的话,的确如此。

杨正辉冲不知情的店员点点头,走进去,穿过层层叠叠的书架,在和轮椅女子常碰面的窗边,见到了心中所想的那个身影。

听见脚步声,女子抬起头,主动同杨正辉打招呼:"你今天好像来得晚了呢。"

"稍微有点事耽误了。"杨正辉随口撒个小谎,"店员说你四点就来了?"

"嗯,因为家里突然来了客人,所以我比平常早了一点出门。"

"欸?"杨正辉听得不太明白,为什么家里来客人了,反而要早点出门呢?家里的客人,是和曾杰有关系的人吗?

"我……昨天晚上,看到你了。"杨正辉想了想,坐到轮椅女子旁边,落地的玻璃窗下端有一段类似飘窗的水泥石台结构,刚好可以坐人,"我看见你在美食街的街口等车。"

"呀,那怎么不来跟我招呼一声?"

105

"正要去呢,就看见有人来接你了。"杨正辉顿了顿,"那辆车,是曾老师的车吧?"

女子听见他这样说,睁大了那双漂亮的眼睛,歪了歪头,好像很意外。

"哦,其实……我是曾老师的学生。"杨正辉挤出笑容,说起了事先想好的谎话,"不过我已经毕业很久了……估计老师已经忘记我了。所以昨天也不好上前招呼……"

"这样啊……"女子点点头,应该是相信了杨正辉,"世界还真是小啊。"

"是啊,没想到您居然是师母。"

"呀,怎么用起'您'来了。"女子不好意思地笑笑,"叫我晓铃就行。"

白晓铃将自己的全名告知了杨正辉。知道杨正辉是曾杰的学生,她好像很高兴,同时对杨正辉更加亲热熟络起来。

"已经毕业了的话,怎么还常常来这里呢?"白晓铃问杨正辉。

"因为打算考研,所以来这边找找资料复习。"

杨正辉说着真假参半的话。视线落到白晓铃的手上,她今天穿的还是毛衫,衣袖稍微挽起,白皙纤细的手腕裸露着,之前杨正辉捡到的那串黄色水晶手链戴在她的左腕上。

可能那条手链是曾杰送她的。杨正辉这样猜测。所以还给她时她才那样高兴。除了手链,她的手上没有别的东西,没有婚戒。

不过中国人并没有特意戴婚戒的习惯,未婚妻刘薇也不常戴自己买给她的订婚戒指。

"哎呀,不好意思。"突然,她像是想起什么似的,掏出手机来看了看时间,"我要回去了。"

"这么早?"杨正辉觉得奇怪,平常她都是等到七八点才会离开的,而现在天还亮着。

"嗯，家里来客人了，我得去一趟附近的菜市场。"

"菜市场……"杨正辉想起几条街外有一个农贸市场，"你自己一个人去吗？"

白晓铃点头，手上已经摇动着轮椅，熟练地将手上的书放回旁边的书架。杨正辉看着她娴熟的动作，却感觉很不放心。

"要不，我跟你一起去吧，我刚好也想买点菜。"杨正辉提议。

得到白晓铃的同意后，杨正辉推着她出了书店，沿着美食街向东走，穿过两条街，就是一家大型的农贸市场。

市场好像无论什么时候都拥挤不堪，两人刚进去，属于这个地方特有的腥臭味侵袭而来，小贩们占着两边本来就不宽阔的主道，使得路面更加狭窄。再往深处，只见地上流淌着不知哪里来的水渍，原来是来到了卖水产的区域。

白晓铃指了个摊位，告诉杨正辉她想去那边。似乎她对这个地方很熟悉，一问，原来是经常来。

"以前还能走动时，是天天都来的。现在稍微没有那么勤了。"她跟身后的杨正辉这样解释。

杨正辉听着，想象着她摇着轮椅在这个拥挤的地方费劲前行的样子。

借着这个机会，似乎可以问一下她的腿究竟是怎么变成这样的。但还没说出口，卖鱼的摊主已经在招呼他们了。

"给我拿条鲫鱼，要最大的。"白晓铃大声跟摊主搭讪。

摊主可能认识白晓铃，看到推轮椅的杨正辉，用好奇的目光扫了几眼。

白晓铃低头，稍微弯下身子，在面前的鱼池里挑挑选选，娴熟地同摊主讨价还价着。最后选定了一条，又让摊主帮忙处理一下。

摊主将那条鱼抓起，流畅地开始了杀鱼、剖鱼、处理鱼肚等流程，白晓铃又说想学一下怎么处理鱼生，就摇着轮椅到摊主的案板边上盯看。

107

"你不是说也要买菜吗?"白晓铃转过脸来,提醒杨正辉。

杨正辉只好硬着头皮,去附近的摊主那儿买了两个土豆。拎着土豆走回来时,卖鱼的摊主还没有处理好,杨正辉没走过去,只远远地看着白晓铃。

坐在轮椅上的白晓铃弱不禁风,事实上,腿脚不便的她,如果遇到什么意外,的确没有任何反击的能力。

如果,自己想利用她对曾杰复仇,或者对她做点什么的话,一切会进行得非常顺利、容易。

这好像是一个非常可怕的念头,却在杨正辉的脑子里不断地扩大着。直到白晓铃再度摇着轮椅来到杨正辉面前,念头才被中断。

"你就只买了几个土豆呀?"

"因为一个人住,吃不了太多。"杨正辉回过神来,看见那条处理完的鱼被挂在轮椅的一侧,那里专门设计了挂东西的位置。

"还要买什么不?"

白晓铃摇摇头表示不需要。杨正辉走过去推她,两人沿着来时的路出了市场。天空泛起了微微的蓝色,太阳完全落下山。

"是曾老师来接你吗?"

"不,他今天去接客人了,肯定不会来,我到路口打车回去。"

"你自己打车吗?"杨正辉又是一惊。

"对,你别看我这样,我可以勉强站起来的。"白晓铃跟杨正辉解释,她能够自己打车外出。"一般司机见我这样,也会好心帮扶我一下。"

"可是……"

即便这样,杨正辉还是觉得很不妥。也有可能,是因为他的脑子里刚刚想过一些可怕的念头。

如果司机像自己那样,怀有或者萌生了什么歹念呢?

"没关系的。方便的话,你推我到昨天那个路口吧?"白晓铃还是笑容满面地说着。

杨正辉推着白晓铃到了美食街的十字路口,站在人行道旁边,很快招揽到一辆亮着"空车"灯的出租车。

司机见乘客坐着轮椅,果然走下车来,问是否需要帮忙。

"没关系,把车门打开就行。"白晓铃客气地回答。

司机打开了后座车门,白晓铃摇着轮椅到车子边上,她两只手先扶上出租车的后座,用力将上半身撑起来,靠着腰和臀的力量,别扭地钻进了车里,又艰难地转过了身,坐在后座上。

一系列动作勉强算得上流畅,但杨正辉猜测,这背后肯定付出了很多辛劳练习。

"帮我把轮椅收一下,那里,有一个按钮。"她指着轮椅的某个位置这样嘱咐。

杨正辉按照她的指示,折叠起了那个看上去结构复杂的轮椅,司机打开了车子后备箱,杨正辉将轮椅放了进去。

那条本来挂在轮椅上的鱼,杨正辉递给了后座上的白晓铃。

"谢谢你陪我,正辉。"白晓铃接过,跟他道谢,很自然地叫着他的名字。

"不用客气。"

"真好呢,我今天很开心。"她又说,"很久没交到朋友了。"

她艳丽的脸上,双眼弯弯似月牙。

杨正辉点头,本来想说一句"我也是",但注意到司机已经坐上了驾驶座。司机是一个大个子的中年男人,杨正辉始终觉得不放心,便故意大声地说给司机听:"你到家了,要马上给我打电话!知道吗!"

听见杨正辉这样说,白晓铃稍微愣了一下。实际上,他们还没有交

109

换联系方式。

不过白晓铃明白了他的好意，马上恢复笑容，说道："嗯，好。下车我就打。"

杨正辉为她关上了车门。往后退了几步，目送着那辆出租车，见车子点亮左转灯，缓缓地开始移动起来。可能马上就要汇入车流，疾驰而去。

不知为何，看见那辆车逐渐远离自己，一阵寂寞悄悄爬上心头。

正想着时，车后座的玻璃忽地摇了下来，白晓铃从里面探出脸来。

"明天，还是书店见吧！我会早一点过去的！"

"好，书店见！"杨正辉情不自禁，以叫喊似的声音，大声回应道。

朋友

之后的一段时间里，杨正辉过得非常痛苦，内心里，对曾杰日益增长近乎疯狂的恨意，和究竟是否要利用白晓铃来复仇的纠结，反复折磨着他。

他甚至在脑海里想象过，应该如何欺骗什么都不知道的白晓铃，带她到某个人迹罕至的地方，将她打晕或是劫持，以此来胁迫曾杰。

他知道这样做是完全可行的。因为白晓铃已经完全将他当作了值得信赖的朋友。

买鱼的第二天，白晓铃在书店见到杨正辉，提起前一天的事，再次表示感谢后主动说道："我们不如真的交换个联系方式吧。"

她完全将他当作了值得信赖的朋友。

看着似乎什么都不知情的白晓铃，杨正辉点头同意。就这样，他拿到了白晓铃的手机号码。

如果他们是单纯的朋友，这是代表友谊更进一步。自那之后的晚上，

棕 眼 之 谜

白晓铃离开书店回家后,她便会发来平安到家的信息,还会通过手机和杨正辉不咸不淡地闲聊几句。

很快,屏幕上的聊天记录由几十条累积,变成了上百条。

内心的纠结情绪逐渐加重,白晓铃那张笑眼弯弯的脸,和她低头沉浸在书本中的专注神情总是浮现在杨正辉眼前,心中好似有什么东西压抑阻挠着他,但又伴随着狂热的心跳,仿佛要喷薄而出。

踌躇不前的杨正辉,按捺着没有行动,却无意中注意到白晓铃来书店的时间变早了。有一天踏进书店时,听八卦的店员说,这半个月她一直是下午四点就来,比平常的五点提早了一个小时。但又过去几天,她来书店的时间又恢复成了五点。

杨正辉在闲聊时随口问起她。

"这个嘛……"她呢喃了一下,"之前不好意思告诉你,所谓的客人,其实是我婆婆。"

"啊?"那也就是曾杰的母亲了。

"对……所以那段时间我特意比平常早出门,就是为了避免和婆婆起冲突。"她露出了尴尬的笑容,"你没有结过婚,可能不太懂,婆媳关系啊……好像总是个谜。刚结婚的时候,婆婆是对我很好。不知道究竟是怎么了,好像我做什么都是错的……那天你不是陪我去买了条鱼吗?我也是想起婆婆爱吃才买的。结果……好像反而惹得她不高兴。"

杨正辉没有搭话,视线落到她坐轮椅的双腿上,她穿着浅灰色的阔腿长裤,双腿包得严严实实。她这段时间一直在看的那本《呼啸山庄》被她倒扣着放在腿上,这是她同杨正辉闲聊时的习惯。

即便杨正辉是一个外人,但也模糊地直觉,婆媳关系变差,多少和她残疾了也有关系。

"每次婆婆来,我都心惊胆战,本来以为这次终于平安躲过去了,结果还是和她大吵了一架。"白晓铃又接着说,"真是不明白……到底要怎么做才会让她满意……"

看她脸上明显黯淡的神色,杨正辉很想安慰她两句,但又不知道说什么,只好问她:"是为什么吵架呢?"

"家家有本难念经。"她叹了口气,倒很坦然地说了起来,"我的婆婆啊,想让我跟丈夫离婚。她走的那天,突然又说起这件事,狠狠骂了我一顿,最后还对我动了手,我们闹得很不愉快。"

说着,她很随意地撩起袖子给杨正辉看,只见左臂上竟然有一块块瘀青。

"竟然这么严重……"杨正辉感慨着。

"那这件事……曾老师知道吗?我是说你受伤……"

白晓铃摇摇头说:"我没告诉他。"

"为什么?"

"这种事,说了也只会让他烦心吧。他现在工作很忙,又是事业上升期……"言谈间,白晓铃尽是在为曾杰考虑,"所以,我没告诉他和婆婆为什么吵架,他也没问……"

"他问都不问吗?"杨正辉觉得奇怪,他原以为曾杰对残疾的白晓铃不离不弃,一定是有某种深刻感情才是,但现在已经逐渐感觉到了不对劲。

"夫妻间,是有一些相处之道的……特别,是像我这样的特殊情况。"她说着声音又放低了,"还是那句话,你没结过婚,可能不太理解……"

杨正辉确实还没结过婚,但他想起,以前未婚妻刘薇说过,婆媳关系的问题,说白了是强势母亲和无能儿子的问题,解决的关键,是在那个无能的男人身上。

那时候他不太理解,现在倒是懵懵懂懂领悟到了。

棕眼之谜

"其实,我一直不认为我的腿不能走路这件事,是个多大的问题……"她的声音还在继续,脸上也依然挂着笑容,杨正辉觉得,那笑容里蕴含着故作坚强和苦涩的意味,"出事之后,我也是一直这样安慰自己的。仅仅是有了一个小小的缺陷罢了,有什么大不了的呢?其他部分还都是完好的呀。我还努力地外出,不断想证明自己可以正常生活,可事实上呢,好像并没什么用,这个样子也找不到什么合适的工作,在社会的价值观中,我的的确确是个'不合格'需要被淘汰的人了……有的时候,我会觉得,我就像是一件有'棕眼'的瓷器……"

她不愧是陶艺家的妻子,知道这种专业名词。用了一个很贴切的比喻。

"不……不是这样的……"杨正辉反驳,想安慰她两句。

然而他也说不出什么强有力的论据来。身为一个残疾人,白晓铃要承受的东西,一定是杨正辉无法想象的。

借着这个机会,似乎可以询问她,究竟为何会坐轮椅。只是看她强颜欢笑的神色,杨正辉踌躇着要不要开口。

正想着,白晓铃又说:"其实……有一件事,我一直没有跟人说过。也不知道可以跟谁说……"

"没关系,可以跟我说。"

杨正辉回过神来接话。两人是相对而坐的,他直视着她漂亮的眼睛。

"其实,我很早之前就怀疑过……阿杰,在外面有女人。"她深深吸气,又像是用了很多力气才说出这句话,"但是,也有可能只是我的错觉……"

曾杰有婚外情吗?这不是什么意外的事,如果曾杰和白晓铃感情不好,曾杰那种男人,本来就是讨女人喜欢的类型,就算他自己不找,也免不了有莺莺燕燕缠上来。

对于主动送上门的女人,有几个正常男人能把持住洁身自好呢。

杨正辉这样直觉。况且，他早就怀疑失踪的未婚妻刘薇和曾杰有某种程度的男女关系。

"你可能会觉得惊讶吧……其实我也在想，是不是我过于敏感……"白晓铃皱着眉头呢喃着。

不，我一点都不惊讶，杨正辉在心里回答。

接着，又听见白晓铃说："正辉，可能的话，有件事，想请你帮帮我。"

"什么事？"

"可不可以请你帮我跟踪阿杰两天？看看他平常到底都在做什么？"

这次，杨正辉终于一怔。

他的视线又落到白晓铃穿着阔腿长裤的双腿上，他看见那本倒扣着的《呼啸山庄》，绿色封皮在春日斜射进书店的夕阳中显得高雅而古典。

从分散在两边的书页厚度判断，大概是才读到三分之一的位置。

新线索

博物馆的同事借给杨正辉一辆老旧的面包车，杨正辉向博物馆请了几天假，开着那辆面包车来跟踪曾杰。

曾杰确实有一个外遇对象。他似乎对这件事也没有特意隐瞒，因为就在跟踪曾杰的第三天，杨正辉看见他的车子在傍晚时分，大摇大摆地从水元村里开出来，既没有去书店接白晓铃，也没有去草容大学或是回家，而是在十字路口调转车头，去了市里的一家餐厅。在那里，他同一个年轻漂亮的女人吃了顿晚饭，接着开车载着女人来到了一间高档酒店。杨正辉目击了两人从门口进去。

只是当时天太黑，他没能拍下一张清晰的照片。因此，第二天一早，他再度来到酒店门口，将车停在对面的街上，摇下面包车的车窗，开启一条小缝，盯着那个位置。

天才刚刚亮，街上只有几个快步行走的路人。杨正辉一边咬着事先准备好的面包，一边陷入沉思。

这样在白晓铃的授意下跟踪曾杰,使得整件事情变得很奇怪,但似乎又没有停下来的办法。正想着,杨正辉看见砌着白金色大理石的酒店门口陆续有客人出来。

天渐渐大亮,今天是工作日,不出意外,曾杰是要回草容大学的。

果然,又过去半小时,那个身着考究西装的修长身影从酒店里出来了,旁边跟着衣着时髦的年轻女子,正是昨晚和曾杰在一起的女人。

杨正辉赶紧掏出手机,拍下那一幕。镜头中,女人说笑着追赶上快步向前行的曾杰,丝毫不避讳地热情挽着曾杰的胳膊。杨正辉也终于看清了女人的模样,她长着一张小圆脸,眼睛大而明亮,是西南女子典型的乖巧长相。

两人往旁边的露天停车场去,一起上了曾杰的车。车子很快发动,杨正辉放下手机,开着面包车跟了上去。

那辆黑色轿车沿着主路行驶,很快又来到了杨正辉已经颇为熟悉的草容大学一带,眼看着就要拐到学校里面去了。

这让杨正辉意外,难不成,曾杰是要带着那个年轻情人去学校吗?难不成,那个情人是学校里的学生吗?

不,似乎不太像。杨正辉因为工作原因,平常也会见到形形色色的人,他自认有一些识人之术。曾杰的情人虽然模样年轻,但明显是过了上学的年纪,气质也不像学生。

那他就这么大摇大摆地带着情人逛校园吗?

眼看着,那辆车子开进了草容大学。杨正辉犹豫着跟了上去,门口的保安没有阻拦他,或许是将开面包车的他当作了学校里的送货商户。他很快看见曾杰在进门不远的停车场停了车。

车上的两人一起下车,到了这里,两个人终于显得矜持许多,一起沿着绿化带走了一段路后,两人沿着相反的方向分开了。

117

棕眼之谜

曾杰往艺术学院的方向去了,这没什么好奇怪的,奇怪的是那个年轻情人,神色从容地走进了行政楼。

看来,这个女人有可能是在这里工作,是曾杰的同事。杨正辉猜想着。按捺不住好奇,他下了车,打算跟上女人去看个究竟。

只是走了没两步,刚踏上行政楼门前的阶梯,身后传来一个声音:"辉哥!辉哥!"

杨正辉下意识回头,见一个年轻男子站在不远处的树下冲他挥手,接着又小跑着往他的方向过来了。

直到年轻男子来到自己跟前,杨正辉才认出来,这是上次跟草容大学的人聚会时,聚会上的那个矮个子国字脸男学生,杨正辉记得他是曾杰的学生,并且还不太喜欢曾杰,在聚会上说了很多曾杰的坏话。

说起来,曾杰的妻子是残疾人这件事,最开始也是从他口中听闻到的。

"辉哥,你咋在这呀!"国字脸学生热情地跟杨正辉打招呼。

"我来办点事。"杨正辉含糊回应。

"哦,是跟考学有关的吧……"男学生自作聪明地猜测,"真是太巧啦,看来咱们还是有缘分啊。"

杨正辉点头,不咸不淡地应声,心里想的却是,再跟这个不知轻重的小子耗下去,那个女人就不知道走到哪里去了。

正想说点什么脱身,国字脸的学生却非要拉着杨正辉去吃早饭。

"走吧,辉哥,我请你吃,不要跟我客气……"男学生没心没肺地说着。

这不能怪男学生,事实上,杨正辉打入草容大学的圈子时,一直是以未来学长的身份和里面的年轻后辈相处着。加上他在 r 博物馆工作,又有博物馆馆长的热情推荐,学究的性格又受到几位教授的赞赏,后辈们都对他刮目相看,想要拉拢结识他也在情理之中。

杨正辉拗不过男学生的热情，回头看了一眼砖红色的行政楼，猜想这一番折腾，即便进楼也找不到那个女人了，这才只好答应男学生。

男学生带着杨正辉去了最近的一间食堂，他确实是一个精于人际交往的小伙子，即便杨正辉从头到尾没有说几句话，他也能自顾自地说一些有的没的，丝毫不让杨正辉感到尴尬不适。

"辉哥，尝尝我们学校的包子。"男学生热情地点了一笼小笼包，请杨正辉吃。

杨正辉夹了一个，男学生又说起了一些无关的客套话。杨正辉盯着他的脸，不自觉回忆起他们在聚会上时男学生在酒后对曾杰的那些恶意猜测。

"会娶那种女人做老婆，多半也是为了钱吧。"

他当时说过类似的话。

然而，现在看着眼前的热情小伙，杨正辉却难以相信，这跟那天晚上醉酒的是同一个人。

"最近有上曾老师的课吗？"不过这提醒了杨正辉，他顺嘴问起了曾杰。

"唉，别提了，那个'假正经'，把我给挂了！"

一提起曾杰，好像那天晚上的那个人又回来了，男学生气鼓鼓地骂了两句。

"怎么会挂你呢？你没去上课吗？"

"我怎么没去啊！他那个破课，我一节都没有落下过。可是那个'假正经'，就是嫌我结课论文写得不好，给了我个不及格，我怎么求他他都不肯放我一马。"男学生恶狠狠地说，"我看，他那个破课还上得不好呢，云里雾里，鬼都听不懂！"

说着，男学生又骂了两句脏话。

这是被挂科的学生常有的表现，杨正辉不作声地听着。

　　男学生接下来又说："辉哥，我说真的，不是我对他有意见，而是那个'假正经'真的不行，除了和他关系好的几个学生，就是被招到他工作室帮忙的那些，我们这一届的都不待见他。他不仅讲课水平不怎么样，听说人品也很差，私生活也更是混乱着呢……"

　　"是吗？"杨正辉预感这个男学生知道自己想知道的事。

　　"是啊，我也是听别人说的。"男学生向前探身，压低声音，"听说他和我们学校校长的女儿好上了……"

　　"校长的女儿……"

　　杨正辉想起了刚才自己一路追来的、和曾杰一起的女人。

　　那样泰然自若地走进行政楼，原来是这个原因吗？

　　"可是曾老师不是已经结婚了吗？"杨正辉明知故问。

　　"所以嘛，是婚外情呐。"

　　"真的假的，你从哪儿听来的这些？"

　　"天下没有不透风的墙。"男学生耸耸肩，"我是听他工作室的一个哥们儿说的。表面上，曾杰在人前装得很爱护妻子，但实际上他的风流韵事大家都心知肚明。不过，像他那样的'假正经'，一看就很招女人喜欢，妻子又瘸了腿，他要是在外面没点什么，才不正常吧……"

　　男学生一股脑说个不停，看来是对曾杰的憎恶已经到达某种可怕的程度。

　　一个人的成功，免不了伴随着周遭人的妒忌和恶意，明显曾杰四周围绕着这样的人，并且数量还不少。

　　"说起来，曾老师的工作室，两年前是不是发生过火灾？"这一点再次提醒了杨正辉，应该找这些人询问他最想知道的真相。

　　"对，一场大火，烧了个精光。"男学生答，"不过那场火灾也离奇得很呐。"

"是吗？"

"我觉得，搞不好那场火是他自己放的！"

杨正辉吓了一跳，没想到这个年轻人竟然和自己有着相同的想法，他后悔上次在聚会上没有跟这个男学生留个联系方式。

"从那场火灾后，曾杰整个人就摇身一变，开始红火啦，更是以'浴火重生'的陶艺家开始炒作自己。在草容市的艺术圈里混出名气就是那之后的事，因为一提到他，大家就会记得'哦，原来是那个被火烧光了所有作品的艺术家啊'，借着这个让人印象深刻的标签，很多艺术展览邀请他参加……"

"可仅仅是为了炒作自己，烧光自己所有的作品，这也太不划算了吧，万一失败了呢？"杨正辉说出自己的真实想法。

"谁知道呢。"男学生又咂了咂嘴，"我只是觉得这种可能性很大而已。"

到此，杨正辉觉得这个年轻人过于意气用事，不过他还是接着明知故问："那你知道起火的具体原因吗？"

"我那个哥们儿说，是炭火盆。当晚，那个'假正经'和几个朋友在聚会。那天我那个哥们儿也在，还有他老婆……"

"他老婆也在？"杨正辉愣住，这是一个新发现。

"嗯，好像是说因为人多，想让他老婆帮着招呼一下。不过我哥们儿说，他老婆很早就提出累了，要去三楼的卧室睡觉。后来他们一伙人也觉得不好意思多留，也就一起走了。但实际上呢，他老婆又没有去三楼，是想到第二天和朋友有约会，先回家去了。所以起火的时候曾杰一个人在楼里，但曾杰不知道，以为他老婆还在楼里面呢。昏迷了几天后醒来，第一件事就是发了疯似的问他老婆的情况，得知老婆不在楼里，没有受

121

伤，他又惊又喜……"

杨正辉听着他的叙述，立刻察觉到了不对劲的地方。

"所以，他以为他的太太在三楼？"再次确认追问。

"是。这些都是我哥们儿听曾杰讲的。曾杰说他当时吓坏了。起火时，他的第一反应就是去三楼救老婆，不过当时的火已经阻断了上楼的路，所以他不能上去……不过，我想，要是他上去了，那种情况，估计不能活着出来了……"

不对，完全不对。杨正辉心想。

曾杰被人发现时，身上裹着灭火毯，戴着防烟面罩，躺在工作室外的小路上。这样"全副武装"的造型，怎么看也是自保的成分居多。再者，如果火情已经严重到阻断了上楼的路，他根本不可能有机会和空当，去打开消防栓，拿出这两样东西来保护自己。

杨正辉心头升腾起另一个可怕的念头：那场火，会不会是知道，或者说，是以为白晓铃在三楼而放的？

"我们老师说，次品是没有价值的，应该被销毁。"忽然，想起了刘薇失踪前说过的话。

这是一个残忍的问题，如此追求完美、近乎精神洁癖的曾杰，会如何看待残缺的白晓铃？会不会把她当作是一件需要销毁的次品？

不过很快，杨正辉想到了一个新的问题："曾老师的太太不是残疾人吗？她怎么自己离开呢？"

坐着轮椅的白晓铃难道可以自己上下楼吗？

"不是，听说那个时候，她的腿还是好的呢……"

"什么？"杨正辉惊得下巴都快掉下来了，"也就是，她的腿……那她的腿是怎么回事呢？"

"这我就不知道了，我哥们儿说，本来以前他老婆还常去工作室走动,但火灾后的很长一段时间,大家都没有见过他老婆,直到工作室重建好,她才来露过一次面,那时就已经是坐着轮椅来的,听曾杰解释说,是在火灾之后不久,他老婆遭遇了一场车祸……"

"车祸?"杨正辉继续反问,却觉得时间太过蹊跷,"怎么会出车祸呢?"

"这个曾杰没有说过,我那哥们儿也只知道是车祸,再说这种事也不好过多打听嘛……"

怎么偏偏就是火灾之后出了车祸呢?而且白晓铃还"消失"过一段时间。

会不会,其实她的腿就是那场火灾造成的呢?杨正辉大胆地猜测着。当天晚上说要上楼去睡觉的白晓铃是真的去睡觉了,曾杰就是因为白晓铃在三楼,才故意放火……

没承想,消防部门灭火及时,白晓铃没有被烧死,只是因此瘸了腿,曾杰的计划失败了……

可是新闻报道里没有提及过白晓铃,只说当晚陶艺家独自在楼里,这是怎么回事?是曾杰打点过,不让报道出来吗?

这似乎有可能,新闻报道多少还是会争取当事人的意见,如果曾杰心里有鬼,给点好处让写新闻的人隐瞒一点情况是很有可能的。再说,杨正辉本来就觉得那篇新闻写得模棱两可、不清不楚。

其实火灾究竟是怎么回事,直接去问消防部门就能弄清楚。在锁定曾杰的半年中,杨正辉也曾尝试过去又川区的消防部门调查。只是在那种地方,扮成假记者的他很快就被识破了,不仅什么都没查到,还被人灰溜溜地赶了出来。

身为一个普通人的杨正辉,想弄清真相,似乎是困难重重。

但真相是瞒不住的,杨正辉看着对面男学生一张一合的嘴唇,心里想。

123

棕 眼 之 谜

男学生身后，食堂的窗户外，一排银杏树绿油油的叶子，在随着春风荡漾着。

杨正辉心里无法平静，好像又看见白晓铃正在那个窗户边，低头认真翻看着书籍，她还穿着她常穿的薄线衫，腿上是一条厚重的阔腿长裤，裤脚很长，将整个脚踝都完全盖住了。

对啊，怎么会没注意到呢，天气早就转暖了，她始终还穿着那么长的裤子……

冷水

杨正辉再次同白晓铃见面，是在书店附近的一家快餐店。这是杨正辉提议的，考虑到要问白晓铃的事情很多，在书店可能不太方便。

几乎坐满了年轻客人的快餐店里，靠窗的一个角落位置上，杨正辉先给白晓铃看了偷拍到的曾杰和情人的照片。

白晓铃从杨正辉手里接过手机，盯着屏幕好长时间没有说话。面对丈夫出轨的证据，她皱着眉头，肩膀随着沉重的呼吸一起一伏。然后她用手指将照片放大，感慨地说道："真是个年轻漂亮的姑娘……不知道他们是什么时候在一起的……"

"既然知道他出轨了，打算怎么办呢？"杨正辉问她。

白晓铃又想了一会儿，抬起脸，对着杨正辉挤出笑容，无力地说："我只是想知道自己猜得对不对，既然确定了，也就够了……"

"所以，你的意思是……"杨正辉怀疑自己听错了。

先前白晓铃让自己去跟踪曾杰，杨正辉还以为她是有想要离开曾杰

棕 眼 之 谜

的念头,这才疑惑中带着些许喜悦,替她做了这件事。然而现在,知道丈夫出轨了,她的反应完全和杨正辉想的不一样。

"你该不会是要装作什么都不知道,继续跟他过下去吧?"

"嗯。"她愣愣地应了一声,"不过,还是谢谢你的帮忙……"

"可是,为什么?"杨正辉不能理解她的决定,"既然他都出轨了,为什么还要在一起呢?他这样对你,你怎么能默不作声地继续忍受呢?"

"那你想我怎么办呢?"

说这句话的时候,白晓铃忽地提高了分贝,邻座坐着的一对情侣,好奇地往这边看了两眼。

"对不起……"她像是意识到自己失态了,轻声道歉。

她将手机还给杨正辉,杨正辉接过。看见她眼眶里似乎充盈起了泪水,但仍然拼命克制。

白晓铃用手抹了抹眼角,不让眼泪掉下来,肩膀却跟着一抽一抽的。

"你为了这么一个男人很不值得……你应该离开他。"杨正辉觉得又心疼又生气。

"我知道。"

"你忍气吞声跟他继续过下去,也很不值得!"

"我……可是……我这样的人……我这个样子……"

"你没有任何问题。你很好!不过是有一个'棕眼'而已,又怎么样?人不是瓷器,没有一点小缺陷就要淘汰一说!"杨正辉直视着她,坚定地说。

在杨正辉看来,白晓铃无非是因为她坐轮椅的事而过于自卑,才会如此荒唐地纵容曾杰。

白晓铃抬起眼,和杨正辉四目相对,她那湿润的眼睛里,好像感受到了某种震动。然而,很快,她避开了杨正辉的目光,自欺欺人地说:"其实，只是照片而已，可能是我们误会了……"

"那是我亲眼所见！"

"你见到的，也只是他们一起出来……"

她竟然还在为曾杰"狡辩"。

杨正辉觉得心中的气恼已经到了某种程度，实在无法克制。白晓铃这般为曾杰说话，难道就是所谓的，被爱蒙蔽了双眼吗？

"他不止一个女人……"杨正辉说，"如果，我告诉你他不止一个女人呢？"

"我告诉你，可能在两年前……他就有过别的女人……"

白晓铃泪光闪闪的脸上一片愕然。

杨正辉深吸一口气，拿起刚才进店时随便点的饮料，一鼓作气喝了一大口，然后继续说道："晓铃，我跟你说实话，我其实……不是曾杰的学生……"

就那样，杨正辉向白晓铃坦承了一切。

包括未婚妻刘薇的无故失踪，以及他是如何发现未婚妻留下的瓷盘和曾杰的作品相似，他如何接近曾杰，他对那场离奇的火灾的怀疑，所有种种，他都毫无保留地坦承了。

说完这些的时候，身旁的几桌客人已经离席，本来热闹的快餐店里，那个角落里只剩他俩坐着。

白晓铃愣了好久。

"你的未婚妻……"她反应了一会儿，呢喃了一下，"她叫什么名字？"

"刘薇。"

"刘薇……"白晓铃反复念叨着，随即摇头，"正辉，我没有听过这个名字，你……你是不是搞错了……仅仅一个盘子……"

"我也希望是我搞错了，可是，两年前的那场火灾，你就丝毫没有怀疑过吗?"

"火灾……"提到火灾,她的神情又变得飘忽。

"我认为那场火灾的目的,就是要烧掉他所有的犯罪证据。"杨正辉直勾勾地看着她,"就算可以处理掉尸体,但是,杀人的过程中,总会留下各种各样的痕迹吧?我是这样认为的,所以他一不做二不休,放火烧了整个工作室……"

白晓铃垂下了眼帘。放在桌上的手,好像在不自觉地颤抖着。

"我知道你相信我说的话,你应该比谁都清楚吧……"杨正辉见状,继续质问她,"到这个时候了,你不要再骗我了。"

"正辉,你在说什么……我骗你什么?"她突然打了个哆嗦,一惊。

"我问你,你为什么总是穿那么长的裤子?"

"你如果没有骗我,就掀起裤脚来让我看看。"杨正辉的身子往下弯了弯,盯着白晓铃桌下穿着长裤的腿,"之前我以为你是怕冷,但现在已经是春天了,你始终穿着即便坐下来也会将脚脖子完全盖住的长裤……是有别的原因吧?是不想让人看到你腿上的伤痕,对吧?"

白晓铃痛苦地闭了闭眼,又再度睁开。

到这时,她一直压抑的眼泪终于掉下来了,颗颗豆大的泪珠划过脸颊。

随后,她将阔腿长裤往上提了提,露出小腿的皮肤,那里的皮肤皱巴巴的,是红色的烧伤痕迹。正如杨正辉所料。

"我就知道,我就知道你在那场火灾里!"杨正辉激动地拍起了桌子,"你的腿变成这样就是那场大火造成的!"

白晓铃吸了吸鼻涕。整个人好像已经完全僵住,动弹不得。见她这样的反应,杨正辉更加肯定自己猜得没错。

"不……不是的……正辉,你弄错了,那场火灾是……"

可白晓铃还在试图继续为曾杰"狡辩"。

"是什么……你告诉我是什么?是炭火盆使用不当导致的失火?"杨正辉索性质问她,"那你说说你的腿又是怎么回事?到底是什么样的车祸?好端端的,为什么会出车祸?"

然而,她什么也回答不上来了。

白晓铃用双手捂住了脸,眼泪从她的指缝间滑出。

"你接下来是不是还想告诉我,火灾真的只是意外,曾杰当时还想上楼去救你,是不是?"杨正辉继续说,"可实际上呢?他自己拿着灭火毯,戴着防烟面罩,毫发无伤地逃了出来!你还相信他那时是想救你吗?"

"我……"

"你不要再自欺欺人了,他根本没想过要救你!甚至,说不定他选择在那个时候放火烧掉整个工作室,就是因为你在楼上……"

"不……不是的……你误会了,他……阿杰他……"

白晓铃已经说不下去了。杨正辉知道,她是再想不出什么为曾杰辩解的话了。

接着,她整个人匍匐在桌子上,放声大哭。这声响甚至惹得不远处一个打扫卫生的服务员好奇地往这边看,杨正辉瞪了服务员一眼,服务员赶紧别过脸去。

杨正辉重重地叹气,不再说话,任由她发泄。随后默默掏出纸巾,放在她面前。

哭罢,白晓铃坐直身体,用已经哑掉的声音问:"那么,我也问你一件事。你接近我,究竟是什么目的?"

这下子,换杨正辉答不上话了。

"我……"

"你之前一直在欺骗我,是不是?"

"我……"

杨正辉想说"不是",但说不出口。事实上,他确实是带着目的接近白晓铃的。甚至,他还有过绑架白晓铃来胁迫曾杰的念头。

"早在我拜托你跟着阿杰前,你对他就没安什么好心吧?所以,你到底是想对我和我的丈夫做什么?"

可能,对面的白晓铃多少已经猜到了杨正辉的意图。她看向杨正辉的眼神变得无比防备。

"我……我的目的只有一个,找到我的未婚妻,找到杀害她的凶手。"

"你认为你现在已经找到了?阿杰就是凶手?"

杨正辉点头。

"那你打算怎么做?"他接着舔了舔嘴唇。

还没来得及回答,就听见白晓铃大声说:"我不管你的目的是什么,但是,你要是想伤害我的丈夫,我一定会挡在他前面的!"

杨正辉感觉自己好像被泼了一盆透心凉的冷水。

第六章

计划

曾杰躺在酒店房间的沙发上,扫视着前来面试的男人。

高个子,白皮肤,穿着一件印花的棒球夹克,脚上踩着一双潮牌球鞋,头发烫的是蓬松的小卷,耳朵上还打着耳钉,连手指上也套着几枚造型夸张的戒指。

窗外下着淅淅沥沥的小雨,这是一个不怎么像春天的微凉阴天。

"你叫什么?"曾杰问男人。

"阿亮。"男人回答。

这明显是一个"艺名",曾杰想,决定不追问。

"你多大?"

"22岁。"

男人说话的声音故意压得很低,像是在故意营造出性感的氛围。

曾杰用手摸着下巴,左看右看,还是不太满意。不是对男人的长相,而是对他身上流露出的气质,和自己想象中的有所偏颇。

不过这也不能怪他,毕竟这个叫阿亮的男人,职业是男公关。

阿亮是拜托陈语荷帮忙找的人,听陈语荷说,阿亮是她的中学同学,因为家里穷早早辍学,中间同陈语荷失联过几年,再次遇见时,才知道他竟然做了男公关,听说现在还傍上了一个有钱的女企业家。

"你的打扮,需要换一下。"曾杰又想了一会儿,说,"不要穿这种嘻哈风,换身西装,戴副眼镜,身上乱七八糟的配饰全部换掉,耳钉、戒指统统不要……还有,头发也要烫直了,好好修整一下。"

被曾杰那样扫视,阿亮好像也不太高兴,他不礼貌地小声嘀咕:"说白了,就是要跟你那样打扮嘛……"

"对,就是要和我差不多。"听见他嘀咕的曾杰没有生气,反而点头。

曾杰提的要求都是比照着他自己来的。这世界上的人,类型千千万,但是,如果让白晓铃选,大概率,还是会喜欢跟自己差不多的类型。

没错,曾杰是在为白晓铃挑选对象。他要给自己"戴"一顶绿帽子。听上去是匪夷所思的事,但确确实实正在发生。

说起来,还是陈语荷无意中的一句话给他的灵感。

"看来除非你老婆也出轨了,否则你是不会和你老婆离婚了……"

某天和陈语荷约会时,她这样抱怨了两句。正是那两句无心的平常话,深深给了曾杰触动。

为什么从来没想过,如果白晓铃出轨了会怎么样呢?如果让白晓铃成为婚姻中的过错方呢?一切或许都会不一样。至少她那个暴发户爹,到时候肯定会求着自己原谅白晓铃,借此,不是可以再狠狠敲诈那个老头一笔吗……

"你身上有没有文身?"曾杰回过神来问阿亮。

"有一个,在腰上。"阿亮老实回答,"该不会,也要我洗掉吧?"

"腰上……"曾杰想了想,"算了,不用洗。"

棕眼之谜

曾杰将白晓铃的照片拿给他看。继续说自己的要求:"你只能接近她,但不能真的对她动手。你懂我的意思吧?"

"就是说,不能和她发生关系?"阿亮抬了抬眉毛,直白地说了出来。

"对。"曾杰不太喜欢这种直白。

"那我到底要干吗?就是去跟她玩恋爱游戏吗?"

"差不多是这样,然后找个时机拍下你们在一起的证据传给我。"

"好吧,我懂了。"阿亮面上显得有点失望,"那你再告诉我一些她的情况,喜欢什么讨厌什么……越多越好。"

说着,他颇有职业操守地,掏出手机,点开备忘录,一副要记录下来的模样。

"她喜欢看电影……也喜欢看书……你不能用一般唬女孩子那套去唬她……"曾杰歪着脑袋,一边说起白晓铃的喜好,一边回忆起了和白晓铃的相遇。

和所有的爱情故事一样,他和白晓铃是有过真正的甜蜜时光的。和白晓铃第一次见面,是在读研时的一次选修课上。当时曾杰电脑故障,想选的课没有选到,无奈之下选了一门被剩下的冷门课,名叫"怎样写学术论文"。

对于艺术系的学生来说,这种课程枯燥且毫无吸引力,但曾杰很快注意到,在那堂选修课上,有一个漂亮得过分的女孩。她总是坐在最前排,在所有人都打瞌睡或是玩手机的时候,认真地记着笔记,还时不时同那位戴着上千度眼镜的秃头老教授提问、辩论几句。

不过,更吸引曾杰的,还是她课桌上常摆放的文具,一支白色鱼雷形钢笔和一本皮质活页笔记本。虽然看似普通,但对文具颇有研究的曾杰一下就辨识出来了,二者都是外国品牌,售价都超过四位数。

于是,抱着某种侥幸的心态,曾杰主动同白晓铃搭讪,要了联系方式后请白晓铃做自己的模特，为她画了好多张素描画。在那个过程中，他追到了白晓铃，发现白晓铃年纪比他小几岁，既聪慧又单纯，对爱情抱着完全是理想主义似的幻想。而且，她还有一个那么有钱又好骗的暴发户父亲，实在是完美的恋爱和结婚对象。

那个时候的曾杰，是真的喜欢白晓铃的，求婚时的冲动也是发自内心的，只是婚后他很快后悔了而已。

"先生，你还是很爱你的太太的吧？"对面，阿亮冷不丁地说了一句。

阿亮的手机上，各种白晓铃的喜好，爱吃的不爱吃的，小习惯、小动作，密密麻麻写了一大页，都是曾杰刚才说的内容。

曾杰淡淡一笑，不多解释。是爱白晓铃的原因吗？才会记得她那么多事？当然不是，身为情场浪子，记住每一个女人的喜好，利用这些喜好讨她们欢心，这是必修课。

"对了，我再说一次，绝对不可以碰她。"曾杰再次提醒道。

阿亮点头，将手机塞回衣兜里，同曾杰谈起了事成后的报酬问题。曾杰爽快地报了一个数。

"那么我要怎么接近她呢？"阿亮最后问。

"我想想……她常去一家书店，你可以从那里入手……"曾杰想起了白晓铃常去的那家书店。

窗外，淅淅沥沥的雨越来越大了。

阶梯教室里稀稀拉拉地坐着三四十个学生。曾杰站在讲台上，用不太活泼的严肃语气给学生上大课。这堂课讲的是宋代的制瓷工艺。内容涉及枯燥的历史，曾杰看到一些坐在后排的学生已经打起了瞌睡。

念着教案上的内容，很快连曾杰自己也无心讲课，好在这节课的计划中，本来就有一部纪录片要给学生放。他匆匆结束了讲课部分，关上教室的灯开始放起了片子。

坐到没有人坐的第一排,掏出手机看了一眼。距离安排阿亮去给自己"戴绿帽子",已经过去好几天了,但那边迟迟没有动静。

下意识地在手机里划来划去,看见今天那条"催命"短信依然是按时来到,发信时间是下午两点。

正想着,是不是出了什么问题时,手机振动起来,正是阿亮的来电。

曾杰看了一眼身后死气沉沉的学生们,不紧不慢走出教室,在走廊里张望了一下,确定四下无人,接了起来。

"我说,老板,不行啊。我根本没有办法靠近你老婆啊。"

一接通,传来阿亮急促的声音。可能是真的着急,彻底没有了那种故作性感的腔调。

"为什么?"曾杰不太明白。

"你说她常去的那家书店是吧,我去了,她确实常去,可她不是一个人,有个男人天天等着她呢。"

"什么?"

"对,他俩天天在书店约会。"

曾杰一惊,手机差点没拿住,掉在地上。

"我看,可能你老婆真的有婚外情哦。"阿亮依然说得很直白。

"是……是谁?"曾杰想大声质问,但还是压低了声音。

"我也不知道是谁啊,不过,咋说呢,那个男人跟老板你差远了,看着土里土气的……"

听阿亮的形容,曾杰完全想象不出来白晓铃的出轨对象是什么模样,或者说,他根本想象不出白晓铃会出轨……他现在脑子里好像是一片空白。

"我拍了照片,老板,我传给你吧。"

还是阿亮的声音提醒了他。

曾杰挂了电话，很快，一张偷拍照传了过来。

照片上，白晓铃在书店的落地窗边，旁边是一排书架，一个穿工装夹克的男人搬了张凳子坐在她对面，同她说笑着。

看着那个男人的轮廓，曾杰觉得有些熟悉，好像在哪儿见过，用手指将照片放大后，他的瞳孔瞪得宛若铜铃。

这不是之前，拿着青花瓷盘，来过自己工作室的男人吗！那个假记者！

怎么会……

曾杰想不明白。

不过，更弄不明白的是，照片中，那个男人对面的白晓铃，怎么会笑得那么开心？

那种笑容，跟她面对自己时，刻意挤出来的讨好假笑完全不一样……

为什么……

他们怎么会在一起？到底又是什么时候开始的？那个男人究竟有什么目的？

一连串的问题接踵而至。

这时，一阵下课铃响了，几个学生说笑着走出来，应该是要去上厕所，曾杰的课是两节连上，还没有结束。

然而，学生们都被走廊里脸色铁青、浑身散发出好像要吃人一般气场的曾杰吓了一跳。他们不敢跟他打招呼，只好绕开他，快步往走廊尽头去。

撞见

当天晚上，曾杰提前回了家去，在家等白晓铃。

他坐在沙发上，拿着一本家居杂志装样子。一直等到快到八点钟，白晓铃准时回来了。大门打开，见到曾杰在屋内，她好像吓了一跳。

"欸？你在家？"她一边摇着轮椅，一边问曾杰。轮椅碾过门框时，明显磕了一下。

"嗯，今天没事，提早回来了。"

"呀，那怎么不告诉我啊？我还在书店等你一起回家呢。"

是在书店等我吗？是在书店会野男人吧。曾杰放下杂志，心想。

到这时，突然又惊觉，原来白晓铃每天去书店都给自己报备，其实是一种障眼法……她可能就是想通过这种方式，让自己对她去书店的事感到麻木，从而丝毫不怀疑……

"因为不在学校，我是从市里回来的。"曾杰撒了个小谎。

"欸？阿姨呢？"白晓铃注意到家里做饭的保姆不在。

"她有事，请假回家了。"实际上，是曾杰特意把保姆支走了。

"呀，那不是没有饭吃……你应该没吃饭吧？冰箱里还有菜，我去给你做好了。"她说着，摇着轮椅往厨房去。

曾杰从沙发上站起来，在屋里踱了两步，看见白晓铃不太灵活地在厨房忙活。在腿残废前，她就不擅长做饭，现在却显得很从容，她从冰箱里拿出一袋芹菜，不紧不慢地择着老掉的菜梗。

她似乎心情很好。

曾杰盯着白晓铃的背影，白晓铃的身体曲线他十分熟悉，曾经还以她的形象画过很多素描画。就算是闭着眼睛，曾杰也能默画出白晓铃的轮廓。然而，此时此刻厨房里的那个身影，那个记忆中的轮廓线好像已经发生了某种变化，而这种变化，不是因为自己。

是那个假记者。那个让她发自内心绽放笑容的假记者。

那么，她跟那个男人到底进行到哪一步了？有没有上过床？自己头上是不是真的有一顶绿帽子？

那天晚上，本想质问白晓铃的曾杰，最终还是按部就班吃完晚饭，装作什么都不知情地洗漱睡下。他打算先按兵不动，再观察一段时间。

连续几天，他格外注意白晓铃去书店的事，终于，他的心绪不宁明显到了无法掩藏的地步。某天晚上，和陈语荷在酒店约会，陈语荷看出了他心不在焉，便问他："我说，你怎么回事啊？怎么突然像个木头。"

"有吗？"

"哦，是最近太忙了。"曾杰那样糊弄着。

等到再离开酒店去学校上班时，却怎么也集中不了精神。那天中午时，又准时收到了白晓铃的"催命"短信："我去书店。晚上一起回家吧。"

看到短信的时候，曾杰强忍的怒意达到顶峰。他决定直接去书店一趟，要是遇到白晓铃和那个假记者，就刚好抓个正着，可以借题发挥。

他兴冲冲地提前结束学校的工作，风风火火地赶去书店。

结果扑空了。原来，那正是杨正辉和白晓铃改约在快餐店见面的日子。

曾杰在整间书店翻了一遍，又等到天黑，无论是白晓铃还是杨正辉，他都没有看到。等到他气得发疯似的回到家，一开门，见白晓铃已经回家了。

"今天在书店看了什么书啊？"他不好发作，便故意阴阳怪气地问了一句。

白晓铃愣了愣，吞吞吐吐回答："哦……是《呼啸山庄》。"

"好看吗？"

"才看到一半……"

"不是老早就听你说在看了吗？"曾杰故意刁难问，"还没看完啊？"心里想的是，成天在书店里会野男人，书当然是看不完了。

白晓铃没有回答，不知是不是被曾杰铁青的脸色吓到。

曾杰深吸了一口气，压抑着情绪，没有再继续追问，他不傻，白晓铃在说谎，一男一女私会，还能干吗呢？无非是行苟且之事。

到晚上时，气极的曾杰又借口工作室有事，溜出门去了。

他冷静了一晚上后，觉得这样下去不妥，他必须得有所行动。

既然白晓铃真的有外遇了，那么自己之前的计划其实可以更顺利地进行下去，以她出轨外遇的事要挟，让岳父给自己更多的钱……

只是，为什么偏偏是那个男人？那个灰头土脸的男人？

沉浸在气恼情绪中的曾杰打算再找机会撞破两人的奸情，第二天到傍晚时，他再度偷奔到书店"捉奸"。

书店里依旧有很多看书的年轻客人,只是没有他想找的那两人。

又扑空了。

掏出手机一看,原来白晓铃没有发信息给自己。也就是说,她没来。

回到家后,偷偷询问做饭的保姆,保姆告诉曾杰,白晓铃一整天都在家。甚至那之后连着好几天,白晓铃都没有出过门。

曾杰觉得摸不着头脑,有一天早上就问她:"怎么这几天都不去书店了?"

"哦,不太想去。"她淡淡地回答,也不解释。

"在家待着多闷啊,还是要出去走动一下。"

"你不是说不希望我到处跑吗?"

"我什么时候说过这样的话?"

"那你又是为什么天天在家?美术馆的事不用忙了吗?"她不回答,反问。

"我……"曾杰没想到她会这样回嘴,稍微怔了怔。

"爸爸给你的钱,你应该收到了吧,好好利用。"她又说,"放心吧,家里的事你不用操心。"

"那……随你高兴吧……"

那场对话以曾杰的"失败"告终。

直到那天出门时,开着车行驶在小区外的马路上,曾杰才反应过来,白晓铃真的不一样了。她说的话虽然还是平常的语气,可她的脸上,没有再挤出那种讨好自己的笑容。她只是淡淡地、平静地答着话。

曾杰的内心里,觉得就像有只小虫子在乱爬,毛毛躁躁。

那之后,白晓铃依然没怎么出过门。听保姆说,她几乎天天待在家里看电视节目,唯一的外出活动,是和保姆一起去菜市场买菜。

实在是太奇怪了，就好像是白晓铃知道了曾杰的如意算盘，在故意躲着她的情夫一样。

这天，曾杰照常在学校里忙活，美术馆的装修工作快收尾了，曾杰打算在开幕前，先请本地的美术协会里的几位朋友吃顿饭。说是朋友，其实都是比曾杰资历老的专家教授，对于这些人，自然是巴结的成分居多。曾杰想，光请客吃饭是不够的，还得投他们所好，增加一些娱乐节目。其中有位老教授爱看话剧，曾杰托人弄了两张某剧院招牌剧目的前排座位票，先寄送给那位教授，之后再电话邀请他外出。

人未到，礼先到，这是曾杰的行事原则。

只是，在学校的办公室整理东西的时候，发现那两张事先准备好的票不见了。明明是放在公文包里和别的文件一起夹着，文件都在，唯独票怎么也找不到。

曾杰回忆着这两天他的行动，前两天他在工作室里忙活，昨晚在家，这期间都有使用过公文包。或许是落在家里了，曾杰打算回家一趟。

他看了看课表，下午没有课。当天吃过中饭，他开车回家，不承想，开到小区外的街上，还没驶进车库，远远地看见白晓铃摇着轮椅从小区门口出来。

白晓铃在门口叫了一辆出租车，司机停下车来，帮扶着她坐上车，又往前开走了。

没想到竟然撞见了白晓铃背着自己外出，曾杰赶紧开车跟上去。

正是中午时间，路上没有多少车，曾杰不敢追得太紧，好在出租车也开得不快。一路上很顺利，那辆车始终在曾杰的视线范围内。

还有另一个原因是出租车行驶的路线是曾杰颇为熟悉的——往草容大学城南校区去的路。很快，那辆车停在了学校旁的美食街口。

难道？白晓铃只是要去书店吗？

疑惑间，行动不便的白晓铃下了车，艰难地坐上轮椅后，曾杰看到她往美食街相反的方向去了。

那条街的对面，去年刚新建了一栋写字楼，建筑物修得很漂亮，楼下也有一些吃食小店，不过生意不太好，冷冷清清。

坐着轮椅的白晓铃去了那栋楼下的一间咖啡馆门口，门口有一位站在路边发传单的店员，热心肠地帮她推开门，她摇着轮椅进去了。

曾杰将车停在路边的停车位上，走下车去快步穿过马路。当他来到咖啡馆外的人行道上时，透过那家店的落地窗玻璃，他看到白晓铃坐在窗边的雅座上，正在和坐在她对面的男人说话。

不用说，对面坐的，正是那个灰头土脸的假记者！

曾杰感觉一股热流冲上脑际，他遏制住想要破门而入的冲动，往路边一棵行道树下站了站，让树干遮挡住自己的身体。

那扇窗户里，两个人好像正激动地说着什么。

又过了一会儿，曾杰看到那个穿着破破烂烂夹克衫的男人，一脸饥渴相，激动地拉起了自己妻子的手。

表白

事实上，在快餐店不欢而散后，白晓铃切断了和杨正辉的联系。

可能是为了躲避杨正辉，她没有再去过书店。杨正辉发给她的信息，她也没有回复过。

在快餐店分别的时候，白晓铃也不再让杨正辉送她，一副要同他决裂再也不往来的模样。

杨正辉想，或许自己先前的欺骗行为，是真的伤了她的心。

杨正辉懊悔自己那么冲动对她脱口而出了真相。更懊悔，既然已经坦白了真相，为何，没有勇气跟她表明自己的心迹呢？

联系不到白晓铃的几日里，他一整天都毛毛躁躁，完全看不进去书。翻开书本，自然而然就是想起书店里的白晓铃，感觉那些方块字儿就像是浮在书页上，完全不知所云。

上班时更是神情恍惚，好几次，在带游客参观时，讲着讲着，竟然出了神愣在原地。

"晓铃，无论如何，请同我见面。我有话想对你说。"

为了求得白晓铃的原谅，类似的信息，杨正辉不断发送着。

手机里和白晓铃的聊天窗口，已经被一条条的道歉信息铺满，点开通话记录，也几乎全是拨给她却未接通的记录。

这天，杨正辉终于灵机一动，在发给白晓铃的信息中改了说辞："晓铃，无论如何，见我一面。我有话同你说，你若再不见我，我就去找曾杰，你知道我会这样做的。"

这段话起了作用，隔了几个小时后，再给白晓铃拨电话，"嘟嘟"两声后，竟然接通了。

"喂……"她的声音幽幽地从听筒中传来。

没想到电话能接通的杨正辉一愣，反应了一会儿，才答道："晓铃，是我……"

"我知道，哪里见面？"

"那……还是在学校那边见吧！上次的快餐店太吵了，都没能好好说清楚，去那附近的咖啡馆吧！"

于是，两人终于在美食街对面的这家咖啡馆见面了。

咖啡馆里人不多，放着舒缓的爵士乐，杨正辉来得比白晓铃早，等了半个小时后，才看到咖啡馆的进门处，服务员推开了门，摇着轮椅的白晓铃进来。

多日不见，白晓铃给杨正辉的感觉是惊喜的，她今天穿的还是朴素的针织衫，脸上不知为何化了点淡妆，竟让杨正辉看得出神。

好心的服务员帮扶白晓铃坐到杨正辉对面的小沙发上，白晓铃道谢后点了杯美式咖啡，随后坐得直直的，像是在等杨正辉开口。

来时想了好多要跟她说的话，在见到她时，却统统都讲不出。杨正辉抓挠着头皮，等服务员走后，半天才憋出一句："好久不见了……"

棕 眼 之 谜

"嗯。"

"那本《呼啸山庄》看完了吗?要不要跟我讨论一下……"

白晓铃眉头一皱,反问道:"你千方百计约我出来,就是要跟我聊这个吗?"

"不……我是想说……"

"我问过阿杰了。"结果,还是白晓铃先切入了正题,"你弄错了。"

"什么?"

"你未婚妻的事。他跟我保证,他绝对不认识叫刘薇的女人,也没有教过那样的学生。你一定是弄错了。"

"所以你是全部告诉他了?"杨正辉一惊,"包括我的事吗?"

"不,我没有讲你的事,只是从旁问了一下。"

"那你怎么知道,他有没有在说谎呢?"

"那我又怎么知道,你是不是在说谎呢?"

杨正辉再度语塞。

"一个我朝夕相处的丈夫,和一个刚认识不久的陌生人,你认为我会相信哪个?"

"所以,我只是个陌生人?"杨正辉觉得内心一阵刺痛。

"不,也不算是陌生人……总归,我们只是朋友……"可能是意识到话说重了,白晓铃的语调放软了。

"那他出轨的事呢?他可是一直在骗你。"

"这件事,我也问过他了。都是误会,他们只是认识的朋友而已……"

"认识的朋友会那样搂搂抱抱?"

"总之,我的事,你不要再管了!"白晓铃大声说,"正辉,你不要再纠缠我和阿杰了……"

杨正辉没有想到这次碰面竟然会演变成这样,他端起面前的咖啡喝了一口,明明是加过糖的咖啡,他却只尝到了一阵苦味。

"晓铃,我要告诉你一件事。"他放下杯子,不甘心地打断她,"我爱你。"

正在说话的白晓铃被他突然的表白吓得抖了一下。

"你说什么?"

"我说,我爱你。我不知道什么时候起就爱上你了。"杨正辉直白地继续说,"我想让你知道我爱你。你离开曾杰吧,到我身边来……虽然我现在什么都没有,但是我绝对不会像他那样对你……"

杨正辉一番热烈的表白,让对面的白晓铃脸上顿时毫无血色。杨正辉说着说着,他激动地身子向前探,伸手握住了白晓铃放在桌上的手。

"正辉,你在开玩笑吧?"白晓铃没有挣脱,只幽幽地这样说。

"我是认真的!"

"你知道这是不可能的。"

她眼里亮莹莹的,杨正辉已经分不清是泪光,还是天生如此。

"为什么不可能?我就不明白?他那样的男人,有什么好的?"

"很多事情,不是一两句就说得清的。"白晓铃没回答,"特别是我和阿杰之间……"

她说着低下头去,但是那双手仍然没有挣脱,任由杨正辉握着,随后,她又像是想起了什么,抬头问:"正辉,既然如此,按照你说的,你爱我,那你可不可以老实诚恳地回答我一个问题。"

"你说……"

"你接近我,或者说,接近我老公,是不是为了给你的未婚妻报仇?"

白晓铃痴痴地望着杨正辉。

痴情的目光让杨正辉触动,可想到这样的神情是为了另外一个男人,杨正辉又觉得心口闷堵透不过气。

"你是不是，想杀害我老公？"

"我……"

杨正辉不知道该怎么回答。良久，他重重地点了点已经昏昏沉沉的头。

他确实有那样的想法。在没有其他证据能将曾杰绳之以法的情况下，他或许真的会那样做。

"我很爱他……"白晓铃接着说，"我真的很爱我的老公，我求求你不要伤害他……求求你，不要伤害他好吗？你未婚妻的事，真的是误会啊！"她说着说着，竟用另一只手，反握住了杨正辉的手。

微凉的指尖，继续刺痛着杨正辉的心。

"正辉，你知道吗？在没有遇到你之前，我其实……很孤独，我的生活像一堵灰色的墙，看不到任何希望，我很珍惜和你的相遇，和你谈天说地也让我的生活好像有了色彩。我很珍惜我们的友情。我也请求你，不要因为误会而毁了它！"她那双亮莹莹的眼睛忽闪忽闪，"你就放下心里的仇恨吧！"

杨正辉不禁苦笑。

"可以的话，接下来，我们还是不要再见面了……"她继续说着。

禁忌

曾杰在那棵行道树下站了很久，脑子里飞快闪过各种各样的念头，直到身后的大街上，一辆经过的公交车按了按喇叭，才让他回过神来。

他掏出手机，对着那个咖啡馆的橱窗，按下快门，拍下橱窗里的那一幕——那个灰头土脸的男人热烈地拉着白晓铃的手，白晓铃也痴痴地给以回望。

第二天，曾杰沉住气，带着那组照片造访岳父家。

来的时候没有提前打招呼，两位老人很意外，不过还是热情地招待了他。

赶上午饭时间，岳父白建国叫岳母做了一桌子菜，曾杰耐心等待，直到坐上了饭桌，才装作垂头丧气，一副心事重重又有难言之隐的模样。

这样的表演很快起了成效，心细的岳母注意到了，她问曾杰："阿杰，怎么今天晓铃也没有来呢？"

"她……"曾杰假装叹气，缓了缓说，"妈妈，爸爸，晓铃她，最近有没有跟你们联络,说过什么?"

"啊?怎么了?"岳母一脸疑惑。

"晓铃她……不太对劲。"

听到这里,连一直不停往嘴里送着菜的白建国也停下了筷子。

"爸爸、妈妈,我先要对你们道歉。是我没照顾好晓铃……"

曾杰垂下头,用屁股将凳子往后顶,整个人端坐着,双手支着膝盖,一副请求原谅的模样。

两位老人见他突然来这一出,相互对视一眼,皱着眉看他。

"晓铃她……在外面,有别人了。"

语毕,白建国手上的筷子惊得掉了下来。

"对方……好像是个记者……"曾杰继续垂着头说,"我也是最近才知道。"

岳母也吓了一跳,接话:"阿杰,你说什么?这是真的吗?你有没有弄错?晓铃她……她怎么可能……"

"妈妈,我自然是真的发现了,才会来这里的。"曾杰说着掏出手机,将拍到的照片拿给二老看。

白建国接过手机,难以置信地看了好久,浑圆的大脸上被震惊的表情填满,岳母也探过头去瞅屏幕。

那些照片上,能清楚地看见白晓铃和那个土里土气的男人拉着手,无论如何也没办法用单纯的朋友关系来解释。

看过照片后,两位老人都陷入沉默。

白建国想了一会儿,开口便是道歉:"阿杰,真对不起……"

"不,爸爸,这不能怪你,也不能怪晓铃……说到底,还是我对她疏于关照……"

"无论咋说,是我教子无方……"翁婿二人相互致歉。

"阿杰，是我们家对不起你啊。"岳母也插话，"我马上就给晓铃打电话，叫她过来！"

"别！"曾杰赶紧制止，"妈妈，你不要给晓铃打电话，也不要训她。这件事，她还不知道我知道了……这些照片，是我一位朋友在外面撞见拍到的……"

"可是，她……"

"妈妈，你放心吧，这是晓铃和我之间的事，可以的话，还是让我们自己处理，拜托，还有爸爸也是，你们千万不要在她面前提起，你们一提，搞不好整件事就变复杂了……"

岳母被曾杰说动，重新坐了下来。

"那你的意思是……"一边的白建国不明白曾杰的意思。

曾杰赶紧说："爸爸，我跟你说实话，我很爱晓铃，但是，这件事确实让我很伤心，我怎么也想不到，晓铃竟然会背叛我，我确实很苦恼到底该怎么办……"

"阿杰，无论如何，你不能和晓铃离婚啊，她现在这个样子，离了你她怎么办？"性急的白建国说。

很明显，白建国根本看不上白晓铃的出轨对象。曾杰想，这个老头子内心里很清楚，他那个残废的女儿，是没有办法再找到像自己这样好条件的男人的。

"我知道，爸爸，我也不想和晓铃分开，我不会跟她离婚的。今天来这里，也是临时起意，这段时间美术馆那边不太顺利，学校的事情也很多，我实在觉得烦闷，才走到这里来，也怪我一时冲动，跟你们讲了这件事……其实，我不该来打扰你们。"

"哎呀，咱们都是一家人，说这种客气话做什么？"白建国摆摆手，"你刚才说美术馆那边不顺利，是怎么回事？"

终归是混过生意场的人，白建国明显已经明白了曾杰的用意。

"只是资金周转方面的问题……"

"那怎么不跟我说呢？"

"爸爸，你已经借了我很多了……"

"傻孩子，有什么借不借的，你以为我真的指望你还我的钱吗？"白建国问，"还差多少？需要多少？"

曾杰说了一个数字。

"马上，明天我就给你打过去。"

"谢谢爸……"

如此这般，曾杰的目的达到了，又将从白建国的手上拿到一大笔钱。他抬头看白建国，见白建国的表情分明写着——既然这样，我女儿你一定要照顾好。

领会到这一点的曾杰向白建国表决心："爸、妈，你们放心，我会处理好这件事，我会让晓铃重新回心转意的……"

离开岳父的家，曾杰开着车返回城南，窗外闪过熟悉的街景。他长长地舒了一口气，然而并没有神清气爽之感，反而觉得呼吸不畅。

顺利要到了钱的他并不感到开心。对于曾杰来说，白晓铃做任何事他都不在意，但是，真的在外面有了男人这件事，绝对是触及了曾杰的禁忌。

心里仍然烦闷，快要抵达工作室的时候，陈语荷来了电话。

"听说你老婆真有外遇啦？"因为开着车，曾杰按下免提键，陈语荷兴奋的声音立刻飘荡在整个车厢内。

应该是从男公关阿亮那里知道的。还没等曾杰回答，听筒里又调侃道："你也太惨了吧？竟然被老婆戴了绿帽子。"

"是啊。我很惨。"曾杰苦笑应道。

"不过，你这也算是自食恶果了，请问你现在是什么心情？"

曾杰沉默了。

"算了，估计你也说不出个所以然来，不如，晚上见面吧？"她以看好戏般的口吻说。

曾杰改道去了陈语荷家，这是陈语荷在电话中要求的。她以调皮的语气说，要在家做饭"庆祝曾杰被绿"。

这一片是位于西二环的高档住宅楼，和现在流行的二三十层的电梯公寓不一样，这里的房子修得低矮，楼和楼之间也隔得很开，加上种满了绿植，丝毫不会让人觉得压抑。

曾杰在住宅区外的花店买了一捧玫瑰，他并不是常常来这里，沿着记忆中的路，反复走了一会儿，才找到正确的那栋楼。

电梯是直接入户的，到达陈语荷家的那一层，门开后，就看见陈语荷站在电梯外迎接他。

"呀，绿巨人来了。"她兴奋地开着玩笑打招呼，"还带了花呀。"

曾杰无奈地笑，把花递给她，她开心地接了过去。两人一起往屋里去。

"见我戴绿帽子，你怎么这么高兴？"

"我当然高兴呀，我是你的'小三'啊。"陈语荷犀利地说道，"这下子，你和你老婆再也过不下去了吧？"

她说着把花放在玄关的柜子上，又灵活地在开放式厨房里忙活起来。

这套房子是二居室，但每一间屋子都宽敞得过分，加上屋内的家具都是高档材料，样式又是厚重的西式华丽风，整个房子还是给人以金钱堆砌而成的"豪宅"风格。

曾杰自然地往沙发上一坐，看着陈语荷将一个又一个盘子从厨房端往餐厅。

"你还没回答我呢？"陈语荷一边从冰箱里拿出红酒，一边说。

153

"什么？"

"你和你老婆啊。你们还打算这样过下去吗？"

曾杰不回答。

"搞什么啊，该不会，都这样了还不打算离婚吧？"见曾杰不说话，陈语荷往杯子里倒了酒，过来坐到他旁边。

"不是说了吗，我不打算跟她离婚……"

"不离婚？"陈语荷瞪着眼睛看他，"你这人可真奇怪，这种事你也能忍？"

"有什么不能忍的，"曾杰说，"我不是还让你找了阿亮吗？"

"可这不一样啊，你之前是要给她安排'出轨'，但她现在是真的出轨了，是背叛了你哦。"

曾杰再度苦笑，从陈语荷手里接过酒杯，仰头大喝了一口。

"还是因为钱的原因？"陈语荷靠上曾杰的肩头，问。

"钱是一方面……总之，我有一个计划，你耐心等着吧。"

"什么计划？"

曾杰依然不答，而是说："我最近可能要外出一趟。"

"外出？去哪里？"

"等我回来就知道了。"曾杰顺手环着陈语荷的脖子，揉了揉她的头发。

一下子两人靠得很近，曾杰面对着眼前娇俏的美人，盯着她明亮的瞳孔，心里想的却还是坐着轮椅的白晓铃，他想起那间咖啡馆的橱窗……

在曾杰看来，那样的白晓铃，不配再留在自己身边，再说，对于像次品一样的她，自己早就是仁至义尽……

没有意识到曾杰异状的陈语荷，脸几乎要贴上去，按照正常流程，下一秒应该是一个绵延的香吻。

然而,曾杰突然往后一躲,说:

"肚子饿了,吃饭吧。我之后还要回工作室。"

"欸?可你刚还喝了酒呢。"

"没关系,可以叫个代驾。现在学校的事情很多,我得回去。"

说着曾杰站了起来,走到餐厅,望着餐桌上看上去并不太美味的食物发出敷衍的感叹:"看上去好像很好吃啊……"

陈语荷皱着眉头,看向已经坐到餐桌边的曾杰,眼底尽是扫兴和疑惑。

旅行

这天在家里吃晚饭时，曾杰见机，随口跟白晓铃说起一些无关紧要的琐事，接着话锋一转，突然说："老婆，咱们一起出去旅行吧？"

餐桌对面的白晓铃顿时愣住，曾杰想，或许是自己突然的热情吓到了她。他接着淡淡地解释："刚好，最近有一段时间空当。美术馆开幕后，肯定会特别忙，到时候更是没有时间了。"

"可是……怎么突然说去就去……"

"以前，我们每年不是都要外出旅行一两次吗？"曾杰继续笑着说，"这两年都没去……你一定寂寞坏了。"

"寂寞倒谈不上……"白晓铃咕哝着。

"我知道，这半年我都没有好好陪你，之前一直在国外，回来后又忙着美术馆的事。我觉得很对不起你。"曾杰装作真诚地道歉。白晓铃看着他，讶异的表情中隐约透着一丝惊喜。

"可我这个样子……我们出门不是很不方便吗……"白晓铃说。

"但是，总不能后半辈子哪里都不去了吧？我想过，我们开车去，慢慢走慢慢玩，或者，可以不用去太远的地方。"

"你有想去的地方吗？"

"就去十允吧，我的老家。我带你去十允周边的景区逛逛，散散心，刚好，我也可以去见见以前的朋友们。"

"十允……"白晓铃重复着这个地名。那是离草容市约二百公里的城市，结婚的初期，曾杰带白晓铃回去过。

那里有一条宽阔的大江。

"我们可以去良中古城……"曾杰继续提议，"是十允市下属城市的景区，也临着江，很漂亮，春天正适合去。"

对面的白晓铃好像还是犹豫着。曾杰以期待的目光盯着她。

事实上，残废之前的白晓铃是一个热爱运动和旅行的人。这些爱好，随着她的残疾而消亡了。曾杰想，她终归会答应的。

"好吧，那什么时候出发呢？"

"就周末吧。"

如曾杰所料，起初还犹豫不决的白晓铃，在真正决定要去后，已经一扫阴霾，热络高兴地收拾起了行李。

从前的白晓铃也是那样，每每要外出旅行，她都会变得兴奋和积极，她会事先规划路线，订好酒店，查看当地有什么好吃好玩的地方。

不过，这一次，曾杰代替她做了这些事。

"酒店我都订好了，你什么都不用操心。跟着我去就行。"曾杰交代白晓铃。

白晓铃虽然意外，但也并没有对这次的出行计划感到怀疑。

很快到了要出发的前一天，曾杰兴奋不已，一大早便去学校交接工作。这次出行是特意请的假,学校那边倒没有问题,只是工作室的事情比较多。处理完学校的事务,他又奔去了工作室。

学生们对曾杰突然在这个当口要外出,也并不觉得有什么不对,曾杰一向在学生面前表现得十分爱妻子和照顾家庭,几个年轻学生反而被他对妻子的关心打动。

"老师,真是羡慕你和师母啊。"工作室一楼,围坐在曾杰身边的学生们发出这样的感叹。

"没什么好羡慕的,有一天你们也会找到自己想全心全意守护的那个爱人。"曾杰说着文艺且感慨的话。

接着,他又交代学生:"你们这段时间就好好看着这里,不要偷懒,要继续创作,如果有谁找我,及时跟我联络……"

学生们点头答应。正说笑着,又一个年轻学生从院子外走进楼来,打断他们,对曾杰说:"老师,之前来过的那个记者又来了。"

记者……不用说,是那个假记者。

曾杰眉头一皱,答应着:"好,请他进来吧。"

这几天,曾杰故意每天都在家办公,目的是防止白晓铃再和那个假记者见面。事实上白晓铃也没有出去过。

可那个男人竟然找上门来了。曾杰搞不清他在唱哪一出。

不一会儿,杨正辉走了进来,曾杰扫了他一眼,依然是灰扑扑的打扮,毫无特点和气质,完全没有办法和自己相比。

曾杰想,白晓铃真是眼瞎了,看上这样的男人。

"你们先去忙吧。"曾杰打发学生们离开。

学生们识趣地到院子里忙活。杨正辉迈步到曾杰面前,冷着脸在曾杰面前坐下,一双不太好看的眼睛死死瞪着曾杰。

这是两个男人第二次这样对峙。

"是……吴先生吗?"曾杰挤出假笑,招呼他,"有何贵干?"

"我姓杨,叫杨正辉。"

"哦?"

"这是我的真名。"

"什么?"曾杰装作不明白。

"你要带晓铃外出?"杨正辉不回答曾杰,而是突然质问。

"等一下,你怎么认识晓铃?"曾杰继续装傻。

"我……我是晓铃的朋友。听她说,你要带她出去旅行?"

"朋友,我怎么不知道她有你这一号朋友?"曾杰故意问。

看来,虽然白晓铃没有出门,但跟这个"奸夫"依然有联络。

"我问你,你为什么不跟晓铃离婚?你突然说要带她外出旅行,目的又是什么?"杨正辉仍然没有回答曾杰的问题,只是一个劲儿地发问。

"先生,你好奇怪啊。这是我们夫妻间的事,用不着你这个外人来管吧?"

"你的目的,是晓铃家的钱?对不对?"

"你在说什么?"

"我什么都知道了。你的事我很了解。"杨正辉那双眼睛瞪圆着,仿佛要把曾杰吃掉,"你和晓铃结婚后,在男女关系方面一直很混乱,不仅如此,你一直问晓铃家借钱,而你现在这个情妇,是草容大学某位校长的女儿,对吧?我想,你不会放过这么好的一个向上爬的机会,无缘无故地,你要带晓铃外出,你的动机实在让人怀疑……"

没想到,杨正辉竟然把曾杰心里的算盘都讲了出来。

"先生,请您注意您的言辞。"曾杰打断他,"我完全可以告你诽谤。"

"诽谤?这些事你自己应该比谁都清楚……还有,我未婚妻那件事……"

159

"先生，我之前就说过，你未婚妻的事，你找错人了，我根本不认识她！"曾杰也觉得无法再心平气和地跟这个疯男人说话了，"既然都说到这份儿上了，我也想问你，你到底是我老婆的什么朋友？你接近她是什么目的？"

"我……"

"你自己心里的鬼，恐怕并不比我少。"曾杰冷哼了一声，"我们两个彼此彼此。我劝你不要多管闲事。"

曾杰也瞪着眼睛，迎上杨正辉恶狠狠的目光。

同曾杰相比，杨正辉实在是不善言辞，无法同曾杰争辩。最后，他被曾杰强势地"请"了出去，灰溜溜地离开。

曾杰站在工作室的院子里，看着那个灰扑扑的身影，消失在村里的小径中，克制着心里的妒火及怒火。

太阳正当空，站了一会儿的曾杰觉得热，再度闪身进到楼里去，又想起还有另一件事没有做。

他掏出手机，给岳父白建国拨电话，在接通后，立刻用讨好的语气说："爸爸，是我，打电话是想跟你说，这两天我要带晓铃去十允那边散散心……放心吧，我都安排好了，没问题……嗯……去一个星期……很快就会回来的……我会带些当地的特产送你……"

电话那头，白建国听得很高兴，一个劲儿提醒他们"注意安全"。

"哦，爸爸，可以的话，再转我一笔钱吧……"曾杰说着说着，又提出要求。

如果这趟旅行顺利，妻子可能不久于人世，在她还活着的时候，必须不放过任何一个问白建国要钱的机会。

追逐

离开曾杰工作室的杨正辉,也拨了一个电话。

在水元村外的那条双车道梧桐路上,杨正辉举着手机,躲在树荫下前行。听筒里已经嘟嘟了半分钟,始终没有人接听。

两人在咖啡馆那天,白晓铃明确表示不要再见面。杨正辉答应了,心里却不打算那么做,他仍旧每天给白晓铃发着不咸不淡的信息,或是说说见闻,或是聊聊电影和音乐,但白晓铃没有再理会他。

曾杰要带白晓铃外出这件事,是通过认识的学长知道的。从知道这个消息的那一刻,杨正辉心里就升腾起不祥的预感。随着时间推移,这种预感越演越烈。曾杰的美术馆再过一个月就要开幕,现在突然说要带白晓铃外出,一定有别的目的。

听筒里的"嘟嘟"声持续着,看来是白晓铃不愿意接电话,大概又响了半分钟,杨正辉准备挂断时,突然又接通了。

"喂?"白晓铃的声音传过来,"怎么你会给我打电话……"

这又是委婉的说法，言下之意，是不希望杨正辉拨电话给她。

"我有重要的事跟你说。"杨正辉却也顾不得许多，"能见面吗？"

"见面？"

听筒里沉默了一会儿，推托着回复："不行，明天我有事情……你有什么事，就在电话里说吧。"

"我知道你明天有事，你是要跟曾杰去旅行，对吧？"

听筒那头又沉默了。

杨正辉四下张望，见路上没有其他行人，停在一棵树下站立，接着说道："晓铃，你听好。我希望你立刻告诉曾杰，你不要和他去旅行。"

"啊？为什么？"

"你有没有想过，他为什么要在这个时候带你出去？"

"我们本来就有每年出去旅行的惯例……只是因为……"

"不，不是的，你想一想啊，他的美术馆马上就要开幕了，为什么突然要带你外出？"杨正辉几乎是对着听筒喊了出来，"他一定是想对你做什么，甚至可能是想害你！"

电话那头再度沉默了，没有声响。

"喂？喂？晓铃？你在听吗？"杨正辉对着听筒继续喊。

"你在说些什么傻话呢。"过了一会儿，白晓铃的声音再次传来，"我想你对阿杰的误会真是太深了……他是我老公，是我的爱人，你在想些什么啊！"

杨正辉又感觉有一盆冷水浇在自己头上。

"我知道你的出发点是善意的，可是，你的想法真的太可怕了……他平常工作那么忙，好不容易才挤出时间陪我，我们夫妻难得才有一点共度时光，我相信他是真心的。你不要打扰我们，也不要打电话来骚扰……"

第六章

虽然已是春日,但那盆冷水好像将杨正辉冻住了,他感觉心里钻心地冷。

然而,更让他伤心的话还在后面:"正辉,或许,是我的表现让你有了错觉,我就直白地跟你说吧,我对你一点那方面的感觉都没有!你是个好人,但完全不是我喜欢的类型……你放弃吧!放过我吧!"

哪怕是在电话中,白晓铃也不忘再次同杨正辉划清界限。

第二天,天还没有亮,杨正辉就醒了过来。

他在床上翻来覆去,盯着黑黢黢的天花板,再也睡不着。不知道躺了多久后,窗外开始有一点亮光,天空渐渐地由漆黑变作深蓝,又由深蓝变作浅蓝。

等到天完全亮后,他又给白晓铃拨电话。他想知道曾杰带着白晓铃究竟去了哪里。可白晓铃不再接他的电话,发过去的信息,依旧如同石沉大海。

好在杨正辉想到,还有曾杰的学生可以利用,于是,他又偷偷去了曾杰的工作室。由于昨天到访过,学生们对他还有印象,他们不知道杨正辉和曾杰的矛盾,反而礼貌地接待了杨正辉。

"哦,我昨天忘了带相机,今天是过来想拍两张老师的工作环境,放到稿件里面去。"杨正辉拿出事先准备好的相机,"我知道老师外出了,你们不用管我。我拍完就走。"

他以这样的借口解释自己的再度造访,学生们丝毫不怀疑,还很热情地配合他拍照。

"对了,曾老师是去哪儿来着?"于是,很顺利地,拍了几张照片后,就自然地跟一个学生搭起了话。

"好像是说师母行动不方便,去不了太远的地方……"学生回忆着。

棕眼之谜

"是去了十允市的良中古城吧！"另一个学生插话，"那边是老师的老家……"

良中古城……杨正辉暗暗记住了这个地名。

当晚，杨正辉在家里简单收拾一番，胡乱将几件换洗衣物塞进背包，确认过路线后，便开着那辆借来的面包车，往良中古城去。

良中古城位于十允市，杨正辉到达时已是深夜，他随便找了一家旅店住下后，第二天一早便开始四处在城中的旅馆打听，寻找白晓铃和曾杰。

然而，古城比杨正辉想象的大，大大小小的旅馆上百家，加上并不熟悉地方，杨正辉找得很不顺利。

这个时节竟然是旺季，城里往来着各地而来的游客，听旅店老板说，原来是附近山上的油菜花开了，许多客人是为了看花而来。各色当地小吃、民俗表演更是接连不断，但杨正辉完全无意欣赏。接连好几天，他都在城里，像个无头苍蝇似的四处转悠着。

"先生，你是不是在找人啊？"某一天早上，热心肠的老板跟正在吃早饭的杨正辉搭话。

很明显，是杨正辉的奇怪举动，引起了老板的注意。被老板这样一搭讪，杨正辉倒立刻有了想法，他告诉老板，自己确实是在找人。

"家里有一位不听话的表姐，跟着男人私奔了。我听说他们是来这里了。"同时，还编了个颇为戏剧的理由。

"啊？"果然，老板很感兴趣的样子，"咋回事啊？"

"这个说来话长……老板，你们城里的旅店老板，是不是相互都认识啊？可以的话，能不能帮帮我？"

老板想了想，答："没问题，你说说，你那个姐姐长什么样子？有没有照片？"

杨正辉表示没有照片，但将白晓铃坐轮椅这个显著的特征告诉了旅店老板。

热心肠的旅店老板拍着胸脯说一定会帮忙，但又想到了什么似的说："可是，先生，我们艮中这么大，他们也不一定住在古城里哦，在市区也有可能嘛……"

这倒又提醒了杨正辉，应该去市里的旅馆找一找。

然而，还没来得及去市区，就在那天晚上，半夜，杨正辉被一阵警笛声吵醒了。

睁开眼时正是睡意香浓的时候，杨正辉打着哈欠，上了个厕所后走到窗户边。

他住的房间临街，刚好看见一辆警车忽闪着灯经过，往古城的更深处去，过一会儿，又来了辆救护车。

杨正辉觉得蹊跷，穿好衣服下楼，走到旅馆大厅，撞见老板神色慌张地不知从哪里冲出来。

老板见到杨正辉，立刻喊道："先生！先生！我正要去找你呢！"

"怎么了？"杨正辉停下步子。

"你不是让我帮你找坐轮椅的姐姐吗？找到啦！"

"哦？"

"刚才你有没有听到警笛声？听说发生了命案！就在靠近江的一家旅馆，老板是我的远房亲戚，他说，出事的房间里有一位坐轮椅的客人……"

"什么？"杨正辉觉得眼前好像一黑，"那她，我是说我姐姐她……"

"听说身上中了好几刀，浑身是血，抬上救护车去啦！"

世界好像在天旋地转。

"不过,更惨的是和你姐姐一起的那个男的,已经断气啦!"老板继续用夸张的语气说。

杨正辉怀疑自己听错了。

第七章

自白

我叫白晓铃，今年 27 岁，和丈夫曾杰是自由恋爱结的婚。

我的丈夫曾杰，比我大四岁，你们应该也看到了，相貌堂堂，一表人才。相识之初，我就被他那张帅气标致的脸所吸引。一番相处后，他儒雅体贴的个性，更是打动了我。当他向我求婚深情地凝望我时，我真感觉，自己是全世界最幸福的人。现在回想，也感觉同他结婚及婚后那段短暂的快乐时光，是一场玫瑰色的美梦。

人们都说"七年之痒"。可是在我的婚姻中，仅仅第二年，丈夫似乎就对我厌倦了，那场美丽的梦，被无情的现实击垮了。

在恋爱时，丈夫隐藏了他花心和风流的一面，随着时间的推移，这一面逐渐显现。我记得就是在婚后第二年的春天，我在他的上衣口袋里，发现了别的女人的头发。仔细嗅了嗅，也明显感觉上面有不属于我的香水味道。

我不动声色地将那件上衣洗好、晾晒，装作什么都不知道。也不质问他,只是在某天他出门的时候,悄悄地跟着他。

确实如我所料,他出轨了。我看见他和一个颇有风情的女人一起谈笑,最后走进了一家情人酒店。

当时的我很生气,却无论如何也想不明白,丈夫为什么要出轨?

我们明明是新婚,生活更是顺遂如意,在外人看来,我们过的是令人羡慕不已的生活,什么都不缺,什么都有,我自问也将他照顾得妥帖,他为什么要出轨?

为了弄清这一点,也为了让丈夫回心转意,我从来没有告诉他我知道他出轨这件事。很明显,他也自认为做得巧妙,不担心我的怀疑。

于是,我目睹了丈夫在外交往一个又一个女人。我终于明白了,男人的花心和风流是一种天性。

丈夫交往的对象,什么样类型的都有——漂亮的,不漂亮的,年龄比他大的,比他小的。他就像是在菜市场挑选菜一样,一个又一个地轮换着。甚至有时,他会同时和两三个女人一起来往。

至于在我面前,丈夫却始终以工作繁忙为由,扮演着好丈夫的角色。可以说,在和我的婚姻中,他戴着一张假面具,就像他整个人一样,完美得令人感到不真实。

很长一段时间我都很痛苦,却仍旧没有采取任何行动,我长期压抑着自己,然而又在某一天突然想通释然。像丈夫这么优秀的男人,可能我独自占有他太过自私了。我想起丈夫那些情妇看丈夫时那充满爱意和崇拜的眼神,不正是和当初的我一样吗?然而,丈夫还是选择了和我结婚,选择了我做他的妻子。外面那些女人只会像流水线一样经过丈夫身边,只有我,唯有我,才能一直拥有丈夫。

想通这一点后,我觉得丈夫在外面的那些女人,都不是什么问题了。我产生了那样畸形的想法,甚至打算,就那样继续装作什么都不知道,

棕眼之谜

将日子继续过下去。

只是，意外降临，我坐上了轮椅。

对于下半生都要在轮椅上度过这件事，我一度难过消沉，用了很久的时间，才接受这件事。最后在家人朋友的支持帮助下，我决定振作起来，我告诉自己，仅仅是不能走路而已，仅仅是有了一个小小的瑕疵而已，我依然可以做很多事，我还是从前的我。

然而事实真的如此吗？

并不是。

所有人看我的眼神都变了，他们会用同情甚至嫌弃的目光看我。让我最先发现这种眼神变化的人，就是我的丈夫。

我的丈夫是一个陶艺家，或许是这一点作祟，他很追求完美，而残疾了需要坐轮椅的我，对他来说就是一件不合格的次品。

他曾经用过陶瓷中的"棕眼"来比喻我。

"虽然棕眼不到毫米，可有棕眼的瓷器，就是次品，即便其他部分再好又怎样，次品就是次品……"

类似这样的话。

你们也应该猜到，说出这种话的丈夫，对我的态度也完全转变了。

从前，他虽然在外面拈花惹草，但在我面前，依然保持着关心状态，每逢节日、纪念日，他总是会送我礼物，时不时地，也会陪我出去旅行，逗我开心。不论他的关心是不是只是虚假的表面功夫，但至少让我感觉，他心里有我，并且爱着我，所以我才能忍受他对我的不忠。

可我残疾以后，他连这种表面功夫也懒得做。他开始冷冷地对待我，完全将我视作空气一般。

也就是那时，我终于看清楚，我和他的这场婚姻，到底是建立在什么之上。

是钱。

我的父亲是个暴发户,中途发家,没有多少文化。丈夫又是个巧舌如簧的人,诱骗和说服我的父亲或许是件很容易的事。至少,我第一次带丈夫回家时,父亲就被当时还什么都没有的丈夫打动,随着时间的推移,父亲更是无比欣赏和喜欢他这个"优秀"的女婿。

这些年,从恋爱到结婚再到现在,丈夫一直在以这样那样的理由,问我的父亲借钱或是要钱。又以这样那样的理由,拖延和推托着不还那些钱。丈夫一边嫌弃着残疾的我,一边从未提出或表示要同我分手,明显也是这个原因。

我刚才说的这些,大概可以算作是这起事件发生的起因,或是因果吧。下面,我要告诉你们,他突然说要带我外出旅行,这一路上,以及在那间让他丧命的旅馆房间里,究竟发生了什么。

在我坐上轮椅之前,我是一个喜欢旅行和运动的人,结婚后,我和丈夫每年也会外出走动一两次。所以,当他突然跟我说,想带我来这里散心时,我心中惊喜和开心的成分居多。

很好笑对吧,即便我的丈夫那样坏,那样让我伤心,我还是会因为他对我的一点点关爱而感动不已。

我幸福地收拾好了行李,他开着车,带着我从草容市出发,如他所说的,我们行驶得很慢,沿途经过几个城市,还停下来歇了两晚。这一路上,丈夫整个人好像又转变了。他准备好了各种我可能需要的东西,一路上也跟我说说笑笑,我甚至有种错觉,我们好像是回到了热恋时期。

除了我不能走路的双腿,在提醒我,现在究竟是什么年份。

于是,我很快察觉到了丈夫不对劲的地方。

他带我去的场所,都十分危险。

整个s省,从草容市出发往目的地十允市去的路上,有很多可以休

171

棕 眼 之 谜

闲娱乐的景区。可是，偏偏他带我去的，不是高耸险峻的山陵，就是有河流或是水的地方。

一开始我还没有意识到这一点，是某一天，我有些乏累，表示不想爬山（事实上，所谓的爬山，也只是坐缆车到山顶而已）。可他非要我去，坚持带我上了山，并且在山顶的步道上，推着我走了很久。

很明显对吧，什么样的动机，才会使得他要带一个坐轮椅的人去爬山呢？

好在那天，那条步道上一直有往来的游客，或许是他也意识到带我爬山这件事不合常理，总之，那天我活着从山上下来了。

我的丈夫想要杀死我。或者是想要我"意外身亡"。

这是那天晚上，我半夜睡不着，盯着熟睡的丈夫产生的念头。

这不是我多疑，而是我想起来，在结婚之后，丈夫还为我买过意外保险，很明显，保险金对贪财的丈夫来说也是巨大的诱惑。更何况，假如我真的"意外身亡"了，恐怕奸诈如他，更可以找借口扮演一个苦情丈夫的角色，好继续从我父亲手上诱骗钱财。

后来发生的事，验证了我的猜测。之后几天，丈夫一直带我往有水的地方走。河边、江边、湖边，我们去了很多这样的类似地方。

但是，他没有得逞，因为注意到这些的我，早已有意识地远离危险，我绝对不靠近水边，每每到一个地方，就借口肚子饿要吃东西。或者一看他要带我往水边走了，便说太冷了，想回去了。

丈夫有没有发现我可能知晓了他的意图呢？

我觉得他不傻，他肯定也察觉到了不对。特别是我们到了目的地良中古城后，我一直借口不舒服，成天闷在旅馆里。

良中古城整个景区都依江而建，这是我来到这里才知道的，这条江很深，不识水性的我如果"意外"坠入，必死无疑。因为江岸线长，在这里,无论如何也避免不了去江边走一走这个行为了。

我很害怕,却不知该怎么办,只好用一个又一个的借口搪塞着,坚决不出去。

可能是我的"不配合"惹恼了丈夫,因此,他死的那天晚上,才会那样对我。

那天晚上,我早早躺下就寝,然而只是闭着眼睛装睡,心里盘算着如何度过接下来的几天,坚持到我们返回的日子。

我心里这样忐忑,直到半夜,我根本没有睡着。

不知道究竟是几点钟,我睁开了眼睛,屋子里是漆黑的。我背对着丈夫躺着,看着房间里黑黝黝的一切,眼睛很快适应了黑暗。

没有听见丈夫的鼾声,但他应该是睡着了的。我暗暗叹了口气,翻了个身。

这一翻身,却发现他根本没有睡,而是直直地坐着,盯着床上的我。

黑暗中,他的眼睛好像发着凶狠的寒光。

我吓得叫出了声。

醒来

"怎么,你没睡着吗?"他听见我的喊叫,冷冷地问我。

一瞬间,我觉得面前这个男人不是我的丈夫,而是一个披着人皮的怪物,或者,是一个魔鬼。

"不,是……突然醒了。"我颤抖着声音回答。

"是吗?"

"嗯。"我一边回应,一边下意识缩进棉被里。

"这几天你玩得开心吗?"他接着又问我,可语气里丝毫没有关心。

"嗯。"

"除了嗯,你还会说别的吗?"

"我……"我说不出别的话来,我也不敢说别的话。那一刻,我对丈夫的恐惧,达到了从未有过的高峰。

"你这两天为什么不跟我出去呢?你知道你有多扫兴吗?我可是百忙之中,硬挤出时间来陪你散心……"

我仍然不敢接话，我的眼睛下意识地在房间内扫视，突然地，我注意到床头柜上有一把水果刀，是我睡觉前削完苹果后顺手放那儿的。

当时，我也不知道怎么回事，心里想的是，如果丈夫有什么异常举动，我就拿起那把水果刀来保卫自己。

"我问你话呢？你倒是说话啊？"丈夫还在质问我。明显，他很不耐烦，也很愤怒。

"我……我就是不太舒服嘛。"我索性沿用着这个借口，同时从被窝里梭起来，身体半靠在床头，看似是要和丈夫好好说话，实则是为了更方便地够到那把水果刀。

"其实，我是想回去了。你那么忙，干脆我们早点回去吧。"我提议着。

"回去个屁！"丈夫突然骂道，"你别以为我不知道你想干吗。你还以为你回得去吗？"

接着，我便看见他拿起了身后的枕头，我直觉不对劲，如果没有猜错，他是打算拿那个枕头闷死我。

我老早就想到了，如果他制造不了"意外"，他很有可能会直接动手谋杀我，再将我的死伪造成意外。这也是我当时为何那么惊恐。

他举起枕头，直直地朝我逼近，出于求生的本能，我快速伸手，将床头的水果刀抓在手里。

水果刀没有刀鞘，在漆黑的房间里却好像有一丝亮光。我用力地握紧，感觉那把刀就是我唯一的希望和筹码。

就在这时，丈夫竟然从手上的枕头下，抽出了一把匕首！

原来，他早就准备好了！原来，他就是打算在今夜杀死我！

我大惊，却根本没有时间反应，他的匕首便对着我的腹部刺了一刀。

剧烈的疼痛立刻传遍全身，我手一软，唯一用来保命的水果刀掉到了床下。我平日本不是娇生惯养的人，却因为这两年坐轮椅这件事变得娇气，当下，我就痛得叫不出声了，整个人也跟着一滚，半跪着摔到了地上。

床上的丈夫一言不发，冷冷地看着地上的我，就像看着一只无力的、任由人宰割的羔羊。

他从床的另一侧起身，握着那把沾着血的匕首，不紧不慢地朝着已经受伤的我而来，蹲在我的面前，以戏谑嘲讽的目光盯着我。

"为……为什么……"

明明已经知道答案，我还是艰难地吐出了这三个字。

他自然是没有回答我，眼看着他要再刺我一刀的时候，我抓起掉在我身旁的水果刀，也不知哪里来的勇气，用上半身全部的力量，扑到他身上去。

他本来就蹲着，又毫无防备，于是，那一刻，奇迹发生了，我将他扑倒了，整个人侧压在了他身上。

他握着那把匕首，同我扭打，当时的我再没有任何其他的想法，只是出于活下去的本能同他缠斗。我只感觉自己浑身的血液都涌向了头部，我好像看不见任何东西，也听不见任何东西，只有一个意识——无论如何，不能放开手上的水果刀。

最终，我想应该是我赢了。

我的丈夫刺了我两刀，胳膊上、肩膀上也应该有几刀擦伤。但是，我也刺中了他，只看见他终于倒下了，整个人以痛苦的姿势倒在了地上。

而我，拖着最后一口气，拿起床头柜上的座机，拨了前台的电话求救……

"我对前台说了声'救命'后，就晕过去了，再次醒来之后，你们就告诉我，他死了。"病床上，白晓铃瞪着空洞无神的双眼，断断续续说完了事情的经过。

第七章

病床边，站着从十允市页广分局来的两位刑警，两人一高一矮，穿着款式差不多的夹克衫。听完白晓铃的话后，两人对视一眼。

他们都感觉到了震惊。

高个刑警打量着病床上的白晓铃，见她整张脸像纸一样苍白，嘴唇更是毫无血色，头上、腹部、胳膊上都缠着绷带。特别是上臂的部分，因为有多处刀伤而裹得很厚实，整个上臂都变粗了一圈。

从案发到现在，白晓铃昏迷了近三天，这是失血过多导致。可以说，她是在鬼门关走了一遭。

不过，她的丈夫曾杰就没有那么幸运了。

据接到白晓铃的求救电话后立刻赶往出事房间的前台工作人员说，他们用备用钥匙打开房门后，就看见两人都倒在血泊里，当时两人都有气。他们一边报警，一边叫了救护车，就在抬上担架后没多久，曾杰就断气了，送到医院时已经无力回天。

"那把匕首……是你丈夫提前准备好的吗？"矮个刑警想了想开口问。

矮个刑警名叫王越峰，是一个颇有经验的中年刑警，已经发了福，他说话的时候中气十足，夹克衫下，腹部的肉微微颤动。

"我不知道。"白晓铃用哑哑的声音回答，接着咳嗽了两声。

高个刑警好心地倒了一杯水给她。

她接过喝了两口，眼神里好像还藏着惊魂未定的恐惧。

高个子刑警眯缝着眼睛，继续扫视白晓铃，脑子里思考着。

从白晓铃的自白来看，一切似乎没什么问题。调查案发现场时，警方发现了两把刀，一把是匕首，一把是水果刀。匕首上沾着 AB 型血，水果刀上沾着 O 型血，分别是白晓铃和曾杰的血型。现场的确有很明显的搏斗痕迹。床单上、地面上，都是两人的血。曾杰身中三刀，分别在胸口、上腹和中腹部，这是他那么快就咽气的原因。而白晓铃则

177

是侧腹中了一刀，肩膀和胳膊上有深浅不一的划伤，应该是同曾杰搏斗时造成的。

"也就是说，你老公想杀了你……但是你奋起反抗，自卫，结果却把他杀死了？"王越峰又问。

白晓铃点了点头，随着头部的移动，两颗豆大的眼泪跟着从眼眶中滑落。

她像是很懊悔又绝望地哭了起来。

两位刑警都有些不知该如何是好。又等她缓了一会儿后，一直没说话的高个刑警开口了，他的声音有些低哑，不太好听："女士，我想冒昧问一下，你的腿是怎么回事呢，不能走路吗？"

"嗯，膝盖以下没有知觉。"

"怎么会这样的呢？"

"可以的话，我不想提，我的腿跟这件事也没有关系。"

她淡淡地，拒绝了回答。

高个刑警看着她被棉被盖着的下半身，想起她没醒来之前，医生说过，她的腿上有像是烧伤的痕迹。可能是什么事故造成的，高个刑警想。

他也没有勉强她，继续问："那么，女士，你刚才说，你滚落到床下后，你的丈夫拿着刀过来袭击你。你将他扑倒了是吧？"

"嗯。"

"你当时是什么样的姿势呢？"

幸运

"摔下床去后,我整个人是半跪着,腿向后蜷缩。"白晓铃解释,"所以,我才有力气扑向他。虽然不能走路了,但是我的大腿和臀部还有力量。估计他完全没想到我还能反扑他……"

"也就是说,如果你当时不是半跪着,而是直直的,完全以臀部坐在地上,你就没有办法起身了?因为你膝盖以下没知觉,根本不能发力?对吧?"高个刑警继续问。

白晓铃点头。

"那还真是幸运啊。"一旁的王越峰没心没肺地接了一句。

"幸运吗?"白晓铃呢喃着苦笑,眼眶又是一红,"我的丈夫处心积虑想要杀死我,我侥幸逃过,这算是幸运吗?"

"这……"

"警官,我杀了人对吧,接下来,我会怎么样?"突然,她擦了擦眼泪,又问王越峰。

棕眼之谜

"这个嘛,如果按你说的,你应该可以算是正当防卫,但是……"

"这个问题我们暂时没有权利回答。"高个刑警淡定地插嘴道,"女士,你先好好休息吧。同时,这件事也会继续调查,一切都会等到你康复后再……"

"我知道,我杀了人!我是有罪的!"白晓铃却突然打断高个刑警的话,"警官,不管怎么样,我接受惩罚!我不会逃避。我会为我所做的一切负责的!"

她说着,泪眼婆娑,却又坚定不移地看着两位刑警。

白晓铃的病房外,十允市×医院的走廊里,王越峰和搭档并排而行。

这里是十允市最大的三甲医院,虽是清晨,走廊里已经来来往往着护士、病人、查房的医生。对于两个一起踱步又一脸沉重的中年人,没有行人特别注意。

他们沿着走廊走向电梯口,王越峰从裤兜里掏出了一盒口香糖,熟练地往嘴里丢了一片,又默契把盒子递给身旁的同伴。

高个刑警摆摆手拒绝了。

"闷罐头。"王越峰收起口香糖,鼓动着腮帮,叫着高个刑警的外号,"说说吧,有什么想法没?"

这位黑脸大高个的刑警在页广区分局里有很多外号,诸如"闷罐头""黑葫芦""黑猫警长"之类,都是王越峰起的。平常,王越峰也喜欢轮换着乱叫他,反而很少叫他的真名——李德。

李德将双手背在身后,一副若有所思的模样,还没来得及回答王越峰,就听见他接着又说道:"其实吧,这件事我看是没什么特别的……一个花心的老公,一个残疾的糟糠之妻,说句不好听的,闹成这样其实是必然呐……"

"现在只听她的一面之词,还是不要这么早下判断。"李德持保留意见。

"好吧,不过,即便她说的是真的,就那个现场和他老公的情况看,即便是正当防卫,要是真上了法庭,也很有可能被认定为是防卫过当……"王越峰自顾自地说着自己的判断。

的确,我国的法律中,对于正当防卫的定义很明确,对正在行凶、杀人或其他严重危害人身安全的暴力犯罪采取防卫行为,造成伤亡,可以不负刑事责任。但是,实际上,是否是正当防卫这一点,在现实案件中很不好判断。更有许多嫌疑人为了减刑或脱罪,钻"正当防卫"的空子。

再者,从伤害结果看,曾杰身中三刀,当场毙命,的确是有防卫过当的嫌疑。

"不过,我倒是觉得,暂且不考虑她陈述经过的真假,仅从防卫角度看,不排除假想防卫的可能。"李德打断王越峰的话,补充了一句。

所谓假想防卫,是指由于主观上认识的错误,实施防卫行为而造成损害,这种情况,应当以实际结果判断处理。

白晓铃的自白中,她错杀丈夫的原因,主要是她先发现丈夫有杀害她的意图。可是,事实真是如此吗?曾杰是真的想杀她吗?

"但是曾杰准备了匕首啊。这一点不就证明他的确有杀害妻子的打算吗?"王越峰反驳。

"可是她不还说,曾杰一开始是想制造意外吗?怎么突然又改成了要用刀杀她呢?"

"是见'意外'发生不了,所以索性一不做二不休,来个狠的?杀掉妻子后再伪装成意外?"

"伪装?"

"比如,扔到江里去……之类,这条江你也知道嘛,掉进去十之八九,是捞不上来的……"

181

这个理论似乎能够成立。

十允市的这条江，是长江最大的支流，贯穿好多座城市，水流湍急，深不可测。若将尸体丢入，巨大的水流很快就能将尸体冲到下游城市，加上江水的浸泡，只要时间稍微长一些，拖上十天半月，就算能打捞上来，确切的死因也不好判断了。

李德摸摸下巴，在脑中设想着这种可能。

这时，电梯终于在这一层停下，只是电梯门打开后，里面竟然站满了人。

李德一惊，提议不坐电梯，他们一起往楼梯间去，沿着楼梯一路往下。

白晓铃是凌晨清醒的，天不亮李德和王越峰就赶去了医院，等到两人再回到十允市的页广区分局外时，外面街道上忙碌的一天似乎才刚要开始。

路边的早餐店传来热腾腾的包子香气，还没来得及吃早点的王越峰被吸引，去到早餐店门口，点了一笼小笼包。

还没等到包子出笼，李德接到了一个电话，是局里的警员打来的。

"阿德哥，你们在哪儿啊？快回来吧，来了一个说是要给那个旅馆案子提供线索的男人！"

"哦？"李德觉得意外。倒不是有人来提供线索的原因，而是警员慌张的语气。

"那个男人啊！神神叨叨像个疯子！说非要见伤者！还说他是跟着死者他们一起来的，我是对付不了啦，阿德哥，你们快回来啊……"

李德听着听筒里警员的话，见身旁王越峰兴致勃勃地从老板手里接过一笼小笼包。

"那个男人叫什么？跟伤者什么关系？"

"说是姓杨，说是伤者的朋友……"

"朋友？"

"嗯，他还说，他就是证人，他一开始就知道或许会发生命案！"

"啊？"李德更觉得奇怪了。刚好，毫不知情的王越峰递给李德一个包子，李德接过咬了一口。

清晨的凉风袭来，实在是个令人感觉舒爽的春日早晨。

警员口中的男人，是跟着白晓铃他们一起来的朋友吗？自称是证人，那对白晓铃和曾杰的事知道多少？

李德嚼着包子，想着警员的话，也回忆着白晓铃的自白。

可为什么，白晓铃完全没有提过这个男人？

证人

和王越峰一起,一边咬包子一边走回页广区分局,李德在一间问话用的小房间里见到了杨正辉。

初次见杨正辉,并没有给李德留下太深刻的第一印象。杨正辉模样勉强算端正,但明显跟大多数男人一样不懂得收拾自己。他穿着款式陈旧、看上去有些年头的冲锋衣似的外套,脸上有一些胡茬,头发也到了该修剪却没有修剪的时候,无力地耷奄在头上。

"杨先生?"王越峰先开口。

杨正辉点点头。

"听说你是证人?"

他继续点头。

"说说吧,咋回事?"王越峰引导他开口。

他用狐疑的眼神扫视了一下面前的两人,似乎是判断两人可信,才舔了舔嘴唇,说起了整件事的经过。

"大概是两年前……我在家里,发现了一个未婚妻留下的盘子……"

他从一段李德和王越峰都听不太懂的往事开始说起。而后继续讲他是如何怀疑到曾杰、如何同白晓铃相遇、如何发现白晓铃的悲惨生活、发现曾杰的杀心,又如何跟到这座城市来。

虽然他的外表看上去确实不起眼,可说话时倒很有逻辑条理。除了讲到某些地方时会表现得过于激动,显得疯癫。他口中整件事的经过,李德和王越峰听明白了。

"你的意思是,你的未婚妻,叫刘薇是吧?是被曾杰杀害的?"王越峰缓了一会儿,开始询问细节。

"嗯。"

"可是,这怎么可能呢?你们省城的警察不调查的吗?"王越峰戏谑地说,"一点蛛丝马迹都查不到吗?"

王越峰会说这种话,是因为李德是从省城草容市调过来的刑警,相识初期,王越峰一直对省城"空降"而来的李德有敌意,到现在,还偶尔以这一点来打趣李德。

李德倒早已习惯,他向前探探身体,等杨正辉开口。

"的确没有蛛丝马迹,因为所有的痕迹都被他工作室的那场大火烧得精光了呀!"杨正辉辩驳着,说出自己一直以来的想法,"甚至,可能在大火之前,我的未婚妻就被那个可以连续烧一整夜、温度高达一千多度的窑炉烧了个精光了!她是那一年11月22号失踪的,曾杰工作室的火灾发生在11月25日,这很巧合不是吗?曾杰是先杀害了我的未婚妻,后来为了不留痕迹,才放火烧了工作室。哦,当时,白晓铃也在那间工作室里,他或许还有个目的,是顺便把白晓铃也'意外'烧死……"

结果,杨正辉像连珠炮似的说了一堆话。

"等,你等一下。"王越峰忍不住打断他,"我听你说的我有点晕……

棕 眼 之 谜

咱们一件件理一下……"

杨正辉停了下来。

"首先啊,如果曾杰真的杀了你未婚妻,又用窑炉完美处理掉尸体,干吗还要再放火烧工作室呢?"

"我刚才不是说了吗,是因为他要处理掉其他可能留下的痕迹……"

"可那是一整栋楼啊……"

"是啊,你们该知道那个男人有多心狠手辣了。不过,我认为,放火那件事,还是同他想杀害白晓铃有关……那个男人问白晓铃家借了很多钱,估计,就想借那个机会害死白晓铃,好抹掉这笔债,或者怎么样骗更多的钱……况且,他是个完美主义者,在他眼中,白晓铃就是个有'棕眼'的次品,应当被销毁……"

杨正辉提及刘薇第一次给自己看那个有"棕眼"的盘子时说的话,又说起类似的理论,就连白晓铃自己也说过。

"棕眼……"李德听着,下意识眯缝起细长如猎豹般的眼睛,"那个盘子我能看看吗?"

说来说去,好像一切是因盘子而起,李德好奇了起来。

"我没有带,只有照片。"

杨正辉掏出手机,将相册里的两张照片给李德看。

一张是拍摄的刘薇的盘子,笔法和线条很拙劣。另一张是曾杰的作品,造型精美,手法老到。不过,两个盘子的构图的确极为相似,几乎一样。

"你说的'棕眼',在哪里?"李德看了一会儿后问。

杨正辉探身,将屏幕左右滑动,另一张拍摄了刘薇盘子背面的照片出现,杨正辉将它放大,说:"这里。"

李德仔细盯着屏幕看,王越峰也凑了过来。

"啥啊？我啥都没看到啊？"王越峰一脸疑惑地说。

"可能是手机像素不好，不过，本来就很小，即便是肉眼，也不太容易发现。"杨正辉解释。

"有了，王哥，在这儿呢。"李德提醒王越峰，指指屏幕。

屏幕上，一片雪白中，在李德指尖瞄准的地方，有一个小小的凹洞，比旁边的颜色略深一点。

"什么嘛，就这么点？"王越峰咂咂嘴。

"对，那个男人，连这么一点小瑕疵都无法接受。别说是身体残疾的妻子了。"杨正辉说，"他应该讨厌白晓铃讨厌得要发疯了。"

李德看罢，将手机还给杨正辉。他想了几秒后，问起另外一件事："那么，杨先生，你和白晓铃女士……你们两个是不是有特殊的关系？"

"当然没有！警官，你想什么呢！我和晓铃是清白的！"

杨正辉立马激动地解释起来，先前那神神叨叨的一面又显现了出来。

"真的假的啊？"王越峰以怀疑的目光看着杨正辉，"你说你是追着她过来的对吧？可我们也见过她了，但是，她完全没有提到过你这个人啊。"

"没有提到我吗？可能，在她心中，我根本是个不配拥有姓名的人……"杨正辉苦笑着，垂头丧气，李德感觉他明显是在为情所困。

"我刚才也说了，是我单方面喜欢上了晓铃，她从来没有给我任何回应，始终在拒绝我。她说她很爱曾杰，哪怕曾杰那样对她，她也不愿意离开……"

杨正辉絮絮叨叨地呢喃着，李德再度扫视着他，将他和曾杰作对比，李德想起先前验尸时看过的曾杰。

就事论事，外表上曾杰是优于杨正辉的。再联系他们各自的情况，如果将他和曾杰看作是相互竞争的对手，杨正辉明显没有任何获胜的可能。

棕 眼 之 谜

"警官,我想问问,晓铃她,现在到底怎么样了?"说着,杨正辉话锋一转。

"她刚刚清醒,不过医生说已经脱离危险了……"李德向杨正辉解释了白晓铃的现状,也大致提及白晓铃对于当晚情况的叙述。

"也就是说,这件事,她其实能算作是正当防卫,对吧?"杨正辉听完,带着期望的表情问。

"这一点还需要再调查。"李德依然给予保守的回答。

不过,此时的李德,心中已经觉得有些奇怪,按照杨正辉的说法,在曾杰和白晓铃出发前,杨正辉已经提醒过白晓铃,也就是说,她那个时候就知道丈夫可能不怀好意。

可是,她还是跟着丈夫来了。

杨正辉看见李德皱着眉头,好像对自己方才的问题持有不同意见,他还想辩驳两句,但又不知道说什么。

他暗暗咬着牙齿,握紧拳头,却觉得有一股无力之感,正从握紧的拳头上往他的全身蔓延。

之后几天,页广区分局和草容市的分局联动,对白晓铃和曾杰的社会关系展开了调查。一切如白晓铃所说,曾杰确实有很大的杀妻嫌疑,他在外的风流韵事,警方也查到了蛛丝马迹,他一直在向白晓铃的父亲借钱一事也属实。

"看来没啥好调查的了。整件事,就是丈夫想杀妻子,最后自食恶果了。"对于这些调查结果,王越峰说出了见解,"医院那边说,建议白晓铃再躺两天……我看,可能真的是正当防卫……"

李德轻轻应了一声,少见地没提出异议。

直到第二位重要的证人出现。

陈语荷来到十允市的页广区分局时,已经接受过草容市警方的问询调查。至于她为何要主动来到案发地点十允市,她是这样对接待她的李德和王越峰解释的:"我就是想来看看他……"

陈语荷口中的他,指的自然是曾杰。

"可以让我再见见他吗?"她面对两位地方刑警,提出请求。

原则上讲,她是同案子无关的人,一向不近人情的王越峰拒绝了:"死者不是博物馆的展品,谁想看就能看的。"

对这位省城来的美丽女子,王越峰依然是一副不通情理、刚正不阿的凶悍态度。

"那么,如果我能告诉你们一个曾杰的秘密呢?"陈语荷突然说,"你们能不能让我再看看他?跟他道个别?"

"秘密?"

"嗯。之前警察找我的时候,我没有说,但是,这两天想想,我觉得还是应该让你们知道……"

"跟案子有关系吗?"王越峰不以为然。

陈语荷犹豫着没搭话。

"不管有没有关系,你请讲吧。"李德凭着直觉插话,"之后,我们会想办法安排你和死者见面……"

到这时,只见她叹了一口气,在审讯室灰蒙蒙的光线下,她捏了捏放在桌面上的手提包的肩带,一副很为难的样子,就那样纠结了许久,终于幽幽地开口说:"曾杰以前跟我说过,瓷器之中,有一种瑕疵,叫做'棕眼'。"

对于她憋了半天才说出的这样一句话,李德和王越峰对视一眼。

"所谓的'棕眼',是指瓷器烧制的时候,因为釉料或温度,产生的不足一毫米的小洞,对整件瓷器来说微不足道,但是,只要'棕眼'

出现，其他部分再好，这件瓷器依然是次品。曾杰说，次品是不合格的，且需要毁掉的……"

"唉，还以为你要说啥呢，这些我们都知道了。"王越峰不耐烦地打断，"他觉得他老婆是件有瑕疵的瓷器，对吧？"

"不，不是。"她瞪着圆圆的小鹿眼说，"警官，我是要告诉你们，曾杰身上也有一个'棕眼'！"

棕眼

我第一次见曾杰,是在我父亲带我去的一场婚宴上。那时我的父亲还没有当上草容大学的校长,只是个颇有威望的老教授。当时,是他的一个学生结婚,他被邀请去做主婚人。出于想让我见见他给我物色好的几个结婚对象的意图,他带着我一同前去。

然而他给我物色的对象,我一个都没有看上,反而是在那场宴会上,我遇到了曾杰。

不得不说,曾杰实在是太完美了。身材挺拔,长相英俊,气质也很出众,站在人堆里格外显眼醒目。我当时只是跟他礼貌地聊了两句,互留了联系方式。其实一开始我没想要跟他发生些什么,因为我从父亲口中知道,他早就结婚了。

可是,感情这种事真的无法控制,理智告诉我不要同已婚男人纠缠,情感上,我却控制不住,隔三岔五地去翻看他的社交网页,去搜索一些和他相关的艺术资讯。在一些可能见到他的场合,我都求我的父亲带我一起出席。可以说，我是早早地就被他吸引住了。

因此，当他开始主动联络接近我时，我只假装矜持了一阵，便很快和他好上了。

他实在是一个很完美的男人。真的，交往的前期，以及之后的大半年里，我都这样认为。不仅外表优越，内在也同样礼貌、儒雅。跟我以前交往过的男人完全不一样。我甚至想，为什么他那么早就结婚了？嫁给他的女人，到底是何方神圣，是何等幸运？然而，我作为一个第三者，是没有资格，或者说，也不能去见他的妻子的。曾杰也很明白这一点，我曾经提出想见见他老婆，自然是被他以各种理由推托拒绝。

我承认，我一度发疯般嫉妒着他的妻子，也一度想唆使他离开妻子和我在一起。其实，我大概知道曾杰接近我的目的。他对我展开追求的时候，我的父亲刚刚升任为草容大学的校长。对于一个在虚妄的象牙塔里打拼的大学老师来说，他应该很明白，在草容大学这种地方，我的父亲会在事业上给予他多大的助力。事实上，我也常常在父亲耳旁吹吹耳边风，让他多多提携曾杰，为有一天曾杰离婚我和他名正言顺在一起而做准备。

没错，我曾天真地认为，我年轻貌美，家里又有权势，曾杰跟他老婆离婚只是时间问题。特别是，我在一次草容大学的聚会上，终于见到了曾杰的妻子也就是白晓铃的时候。

她竟然是一个坐轮椅的残疾人！

当时，我就觉得我胜利了。虽然白晓铃真的比我漂亮，但她始终是一个残废，这样的老婆，肯定让曾杰觉得丢脸，所以他才很少带她出席正式场合，也从不让她在学校露面。

我在那之后，便更加频繁地煽动曾杰和他的妻子离婚，可奇怪的是，无论我怎么劝说，曾杰都告诉我，他不会和白晓铃离婚。

究竟是为什么呢？我一直想不通这一点，他自己也说，他已经不爱白晓铃了，那么，始终不和白晓铃离婚，是因为他想要从白晓铃家索要钱财吗？

表面上看或许是这样，然而，其实是还有另外的原因。那是我反复试探、验证过后得出的结论。

看似完美的曾杰身上，有着一个无法解决的瑕疵，一个像"棕眼"一样微小但却会将一个男人定性为次品的瑕疵。

曾杰是一个性无能的男人。

我不知道是何时萌生的这种怀疑，或许是在他一次次的礼貌、一次次的绅士之间，又或许是他一次次面对我的挑逗，却毫无反应之时。

我仔细地观察了他，在男女之事上，他一点都不积极，甚至主动回避。我回忆我同他为数不多的几次交欢，终于反应过来，每次都是草草了事，只是他善于以花言巧语的情话，和一些别的方式来烘托气氛，模糊了我的注意力。

为了验证我的猜想究竟对不对，我甚至厚着脸皮，找到了一个曾经和他交往过的酒吧女。酒吧女告诉我，在他们短暂的交往中，曾杰竟然从来没有和她发生过关系，而那个傻傻的酒吧女，还一度以为是她吸引不了曾杰！

弄清了这一点后，似乎曾杰一切奇怪的行为都能被解释了。

我猜，曾杰一定十分痛苦，并且因那个瑕疵而自卑着。

在我之前，曾杰交往过很多女人，但大多时间都非常短，总是几个月便匆匆分手。我认为这正是为了防止那些女人发现他身上的问题。而据他说，大多数是别人对他有好感在先，他只是照单全收。这一点我相信他说的是真的，因为最开始的我也是这样。可他跟这些女性交往，有没有一种借此来欲盖弥彰，掩饰、填补自己身上"棕眼"的目的呢？

我相信是有的。对完美有着近乎极致追求的他，一定无法容忍自己身上的这个缺陷。

我也终于明白了，为什么他不和白晓铃离婚。

白晓铃作为他的妻子，一定是知晓他身上的这种缺陷的，甚至可能在我之前，白晓铃是唯一一个知道这一点的女人。

那么，他们夫妻两个对于这一点是怎么处理的呢？

我很难想象，但我的直觉告诉我，曾杰身上有这种缺陷，他肯定不愿意让其他人再知道，所以，他们两个的婚姻中，并不是白晓铃离不开曾杰，相反地，是曾杰离不开白晓铃。

白晓铃的存在，可以为曾杰掩盖他身上的瑕疵。起码，曾杰没有孩子这一点，也可以轻松地归结到白晓铃身上。而他在外面又不断地交往着女人，任谁也不会想到，一个在家里有老婆，在外有情人的男人，会有那方面的问题，不是吗？

陈语荷说到这里顿了顿，停下来抹了抹眼眶。她讲述的时候，眼睛早已跟着湿润。

李德停下敲击键盘做笔录的手，递给陈语荷一张纸巾。旁边的王越峰听得一愣一愣，迫不及待地接着问："之后呢？"

陈语荷用纸巾擦干眼泪，叹着气继续说："只能说，爱情让人疯狂。我想白晓铃是深深爱着曾杰的，我也是一样。即便他有那种缺陷，但我并不在意，我还是希望和他在一起。可是我也知道，因为他的缺陷，他多半也不大可能会跟我长久下去，会在一个差不多的时间跟我分手……我很苦恼，很想告诉他，我已经知道他的'棕眼'，也愿意陪他解决，毕竟现在的医疗技术这么发达，总是会有办法的。甚至有好几次，我都想跟他坦白，但又担心伤害到他的自尊心，唉……"

接着，陈语荷又交代了她和曾杰本来计划让白晓铃"出轨"的事。

李德继续将她说的话敲进笔录里。不过，末了，李德的注意力仍在曾杰的"棕眼"上，等到陈语荷说完后，他追问："那么，曾先生的那种缺陷，到底有多严重呢？是完全不行呢？还是……间歇性的呢？"

陈语荷稍稍感到窘迫，她用隐晦的口吻回答："怎么说呢……几乎是……完全不行。"

一旁的王越峰对李德执着在这一点上感到不解，他忍不住瞪了瞪眼睛，咂咂嘴看向李德。

"所以你……是真的完全不在意他有那种缺陷吗？"李德倒没有任何窘迫或害羞的样子，他继续问。

陈语荷肯定地点头，不太好意思地说了一句："警官，男人和女人……是不一样的。那种事，我觉得不是特别重要。"

李德皱了皱眉毛，用一只手托着下巴。

的确，男人和女人，看问题的角度是不同的。女人或许还能不在意，但对于一个男人来说，身上有那种缺陷，无疑是天大的痛苦。

特别是曾杰那样光鲜亮丽、一表人才的类型。

"唉……"李德听见陈语荷又在叹气，"警官，其实，我也不知道该不该跟你们说他那方面的事，总归，这不是什么好事，对吧……但是这两天我老是在后悔，要是我早一点主动把话对曾杰摊开说，一切会不会不一样呢……警官，你们觉得呢？我当时是不是应该跟他说清楚？"

陈语荷说着抬起头，刚好视线和她对面的王越峰相对，王越峰很尴尬，半晌，咕哝着答："陈小姐……这种问题，你问我，我也不是当事人……"

"那李警官你觉得呢？"陈语荷又坚持地问李德，似乎是真的想知道答案。

"每个人的情况不一样。"李德也不太好回答。

不过，李德倒认为陈语荷没有做错，从几位当事者口中的了解，曾杰既然如此追求完美，如果他知道自己一直掩盖的缺陷已经被情妇知晓了，那么，离开那个情妇，可能只是时间问题。

或许，他还会担忧、害怕情妇将自己的秘密泄露，如同他和白晓铃维持婚姻，是因为想借此遮掩自己的缺陷一样……

那么，杀妻这件事确实说得通了，如果是正常的离婚，不但要还欠妻子家的钱，妻子也有可能泄露自己的秘密，但如果妻子死了，所有的问题都解决了。

再者，曾杰知道杨正辉的存在，他怀疑妻子是真的"出轨"，对有那种缺陷的曾杰来说，"出轨"的妻子拨动的是他的禁忌线。

"陈小姐，那么出事之前，你是不是常和曾杰在一起？"李德继续问陈语荷，"你觉得，他是不是在谋划着杀害白晓铃呢？"

"我……我不知道。可能……可能有。"陈语荷吞吞吐吐地回答，"因为我们最后一次见面的时候，他也表现得很冷静，不过，当我提到白晓铃在外面和男人有一腿的事时，可能他自己没有注意，但他当时的脸色，简直气得发青。我那时就知道，他一定气急败坏了，多半，也是觉得白晓铃和那个男人睡过了吧，这对性无能的他来说，无疑是莫大的羞辱。后来，他只是说要外出，具体外出要干什么，他也没有跟我说。"

"那你有没有见过这把刀呢？"李德将曾杰行凶的匕首的照片，给陈语荷看。

陈语荷摇摇头。

"那……更早之前呢？还有没有什么蛛丝马迹，你仔细回想一下呢？"王越峰也插嘴问。

陈语荷还是摇头。

"我没法跟你们乱说，警官，在我面前曾杰一直是很理智的形象，也可能是怕我生气,他不怎么提白晓铃,每当我说起白晓铃的时候,他也表现得一副冷淡的样子,但是不知道为什么,可能是心理作用,我却总觉得,实际上,曾杰是很爱他那个残疾的老婆的,只是,他自己不愿意承认而已。"

"哦?"李德觉得这个说法很有意思。

"警官,感情的事情是很奇怪的……拿曾杰来说,他有一个根深蒂固的习惯,就是他对白晓铃的一举一动特别关心,关心到什么程度呢?平日的时候,白晓铃常常去曾杰工作的校区外的书店,每次去,大约下午两点,她都会发信息给曾杰,曾杰说这是白晓铃主动发的,还说那些信息很烦,他根本不想理,事实上,曾杰也很少真的去接她。但是……他几乎是偏执的,每天都要查看手机确认,要是哪一天白晓铃忘记发信息了,他整个人就会坐立不安……所以我非常讨厌他那个习惯,但他从来没有为我改掉这一点,和我约会的时候,还是时不时地看一眼白晓铃的消息……我想如果他真的对他老婆没有感情,他应该根本不会在意,也不会管才是……还有,他发现白晓铃'出轨'时那么生气……如果他真像他说的那般讨厌妻子,他还会那么生气吗?估计高兴都来不及吧……"

"等等。"李德打断陈语荷这一串连珠炮似的发言,他从中发现了问题,"你刚刚说,白晓铃每天去书店,是几点钟?"

"下午两点,曾杰说差不多都是这个时间。"

"你确定吗?"

"我确定。我偷看过曾杰的手机,白晓铃的信息总是在两点钟左右来。我也问过曾杰,他说白晓铃一整个下午直到晚上七八点,都待在书店看书。"

李德眯缝起眼睛,这是他思考时的惯有动作。

197

不对。

杨正辉说，白晓铃是五点去书店，因为他是下班后六点后才在书店遇见白晓铃……是杨正辉记错了吗？还是哪一方在说谎？

"下午两点钟出门，到晚上七八点，整整五六个小时，那么长的时间都在书店看书吗？"李德半信半疑地反问陈语荷。

"我之前也觉得奇怪，可是转念一想，白晓铃是个瘸子啊……她行动不便，常年都是坐着，那么长时间对她来说，根本也不算什么吧……"

这似乎也有些道理。

可是李德还是觉得这个时间过长了些。

那如果陈语荷和杨正辉都没有说谎呢？如果白晓铃外出的日子，都是两点钟出门，五点才到书店呢？

那么，中间就有三个小时的空当儿了。

第八章

询问

李德和王越峰再次去了十允市的×医院。

相比上次见面,白晓铃的情况明显有所好转,虽然仍然在躺着打吊针,但苍白的脸上有了淡淡血色,依稀可以窥见她正常状态下是多么貌美。这样的容颜,连李德也觉得她和曾杰两人是金童玉女、郎才女貌般相配。

见到两位刑警再度到访,白晓铃好像倒不觉得意外,她用胳膊支撑起身体,整个人从床上坐起来,靠在床头上。

"两位警官怎么又来了?"她礼貌客套后问道。

"是有事想再问你。"王越峰说。

她淡淡一笑,向前探身,一副仔细聆听的姿态。

"白女士,你知道你丈夫曾杰的隐疾吗?"

"隐疾……你是指……"

"就是,他身上有没有什么不太好跟别人说的病……"王越峰略尴尬地解释，"比如说，男女之事那方面。"

白晓铃用细长的眼睛看着两位刑警，惊讶之余，好像是理解了他们的话。她点点头。

王越峰露出恍然大悟的神情。

"什么时候发现的？或者说曾先生是什么时候有的那个病？"李德接过话茬，继续问。

"大概是结婚后不久，起初我以为他是太忙了，没有心情，也以为是我自己没有魅力……"

"曾先生那方面的问题到达什么程度呢？是完全不行呢？还是间歇性的？"

"几乎……是完全不行……"终归是保守的女性，说起那方面的事，她用词很隐晦。

"你之前为什么不告诉我们？"

"这……这个有关系吗？"她舔舔嘴唇，不太好意思地说，"我不觉得那是什么问题，再说，这种事怎么好……"

"所以啊，无论他在外面有多少女人，你都不在意是吧？"王越峰挠着下巴插话，"因为你深知他的缺陷？"

白晓铃垂下眼皮，再次点头。

"你是真的不在意吗？"李德再次问。

"警官，女人和男人是不一样的……我爱我的丈夫，我不会因为这一点小问题，就厌弃他。自始至终，他让我伤心的地方，仅仅是他不再爱我了这件事……"

"也就是说，你并不恨他？"

"恨？"白晓铃摇了摇头，"警官，我不恨他，我怎么可能恨他呢，我是想和他好好生活的啊……再说，我这个样子，我根本离不开他啊。"

说着说着，她竟然嘤嘤抽泣了起来。

面对她突然情绪失控，王越峰感慨着叹气，他凑过来对着李德的耳边小声说了句："唉，真是个痴情的傻女人啊。"

李德没理会王越峰的悄悄话，等她缓了一会儿后，提及杨正辉："女士，我们之前见过一个人，名叫杨正辉。他是你的朋友对吧？他告诉了我们一些他和你的事。"

这时，李德分明看见白晓铃忽地抖动了一下肩膀。

"他说是担心你，跟着你和曾杰来的。但是不知道你们究竟去哪里了，所以一直等在良中古城里。"

李德一边说，一边又看见白晓铃下意识地用手捏紧棉被的一角。

"你之前为什么没有提过这个人？"

"我……我不知道怎么提啊。"白晓铃含着眼泪，支支吾吾地回答，好像很苦恼的样子，"难道我要说，我有一个很讨厌的疯狂的追求者吗？"

"你讨厌他？"

"嗯。这样说不太好。"白晓铃点头，"警官，既然你们见过他了，那你们也知道吧……那个男人，整个人神叨叨的。本来我和他只是在书店里萍水相逢，一开始他骗我说他是我老公的学生，我傻傻地相信了，把他当作朋友。可是，后来才知道，一切都是他在演戏，接着他又突然跟我表白，我当时简直要吓死了……所以一直躲着他，谁承想他那么疯狂，竟然跟着我和我老公一起来了这里……"

白晓铃说的话，能和杨正辉讲述的二人相识经过对上，只是，当事人的主观感受完全不一样。

"明明我已经几次三番明确地拒绝过他了……"白晓铃咕哝着，"警官，你们不要理会那个男人，他简直是个疯子！"

见白晓铃这般态度，李德觉得杨正辉一片炙热的真心是错付了人。

可感情的事，本来也无法勉强。

"那么，他口中那个未婚妻……"

"我不知道……"白晓铃平静地辩驳道，"他的未婚妻下落不明，我很同情，但这件事究竟跟我老公有没有关系，我没办法回答，我老公在外确实有很多女人，我不可能每一个都知道。不过从另一方面讲，仅仅靠一个相似的青花瓷盘和他的未婚妻曾在我老公朋友的陶艺班中上课，就能认定我老公有杀人嫌疑吗？至少，应该需要更多的证据吧……"

李德眯缝起眼睛，想起杨正辉先前说过的那些事，他的视线看向白晓铃的双腿，那里盖着医院提供的白色棉被。

"你的腿是那场火灾里受伤的吗？"

"我的腿？"白晓铃愣了一下。

她不太自然地点头。

"具体是怎么回事呢？"

"我也不知道，事后的调查说是二楼的炭火盆点着了沙发。当时我在三楼睡觉，只是迷迷糊糊间闻到怪味，等我反应过来的时候，四周已经烧起来了，我想往外跑，可是不知道怎么回事，房间的门打不开，我被困在了里面……"

"门打不开，怎么会打不开呢？"

"我也不知道啊……再说当时的情形多紧张啊，而且，很快我就晕过去了……"她回忆着从前的事，刚才缓和的情绪又失控了，李德看见她整个上半身都跟着眼泪抽搐着。

身旁的王越峰和李德交换了一下眼神，李德明白了他的意思。

门怎么会打不开呢……如果真像杨正辉猜的那样，曾杰是故意纵火，那么，那扇门打不开，肯定是有原因的。

棕眼之谜

白晓铃又抽泣了一会儿,她用餐巾纸连连擦鼻涕,问话的进程又被中断。

一直等到护士进屋来给她的吊针瓶换药,她才终于又抬头说话:"警官,事已至此,像我之前说的,我没什么好争辩的,我的确杀了我丈夫,我知道我有罪,你们把我带走吧……"

"唉,女士,你也不要这么自暴自弃。"王越峰叹了口气说,"医生也建议你再休养两天……"

李德注意到王越峰的语气中包含着感慨之意,他感觉,自己的搭档似乎已经同情起了这位瘸腿太太。的确,以第三者的视角看,无论是白晓铃自身,还是她经历的这一切,都很值得同情。

李德却不太一样,他的感情一向内敛克制,更多的时候,是理智占领高地。此时此刻,出现在他脑子里的念头,是那三个小时的空当儿。

李德于是询问白晓铃,究竟是几点钟出门去书店的。

"两点。"白晓铃歪着脑袋想了想,"基本上都是这个时间。不过,我没有直接去书店,而是先在附近转转,四处看看散散心。到书店的时候,通常是五点左右。"

是个意料之外,但看似合理的回答。

"你一个人……方便吗?"李德委婉地问。

一个坐轮椅的残疾人,能够独自在外面游荡三个小时吗?

"警官,我知道你在想什么,你不要太小瞧我了。我瘸腿了之后才知道,世界上有很多像我这样不完整的人,但是他们都在努力生活。我曾经还见过,完全看不见,但能独自外出买东西、生活的盲人呢。再说现在的残疾人设施已经很完善了,公园、商场到处都有轮椅可以通过的无障碍通道,更何况,人的毅力和潜能是无法估量的。"

她说的似乎有道理,人的毅力和潜能是无法估量的。同样的,如果将这种毅力和潜能用于犯罪呢？或许结果也无法以常理来推断。

"四处看看，都会去什么地方？"李德用猎豹般的双眼盯着白晓铃。

"哪里都去，漫无目的，公园、广场、商场、街头巷尾……就像一个正常人一样，我哪里都去。"她擦了擦眼泪，已经完全平静下来了。

怀疑

李德和王越峰又一次走出医院后,他想了想,问王越峰:"王哥,你怎么看?"

"能怎么看,我觉得她太惨了。真的。"

李德的本意是指那"三个小时"的空当儿,但王越峰显然没有领会。

"真是男怕入错行,女怕嫁错郎啊……那么漂亮的女人,结果看走眼嫁给那么个男人,把自己后半生都搭进去了。到最后,还痴心不改,为那个男人说话……"

这一点不假,刚才离开时,白晓铃还反复强调都是自己的错,无论警方要怎么处理自己,她都愿意接受。作为一个"凶手",这样毫不辩驳的态度是少见的,这似乎能证明她真的是因为自卫而错杀了曾杰。

可不知为何。李德总觉得有哪里不对劲,但是又说不上来。

李德思索着,和王越峰一起又回到了页广区分局。今天他们开了车,李德将车开进页广区分局的小院,一下车,几个蹲守在院子里的年轻人

第八章

立刻涌了上来，将李德和王越峰团团围住。

惊讶之余，李德定睛一看，都是认识的记者。

"峰哥，阿德哥，那个旅馆杀妻案是不是你们在查？"一个圆脸塌鼻梁的记者拿着一支录音笔，挤到了他们面前。

"你们咋回事啊，怎么什么时候都阴魂不散啊？"王越峰认得圆脸记者，对方是《十允晚报》的记者。王越峰跟这家报社有过多次交锋，对他们一向不太客气。

"我们也要吃饭的嘛……"圆脸记者赔着笑脸，同王越峰打趣道，"那个案子进展如何？究竟是不是正当防卫？"

"无可奉告！"王越峰摆摆手，公式化地说了一句。

他拉着李德进楼，李德却停下了步子。

"你们怎么知道这个案子的？"李德问圆脸记者。

十允是座小城，有什么风吹草动，记者会知晓不奇怪。可这次的案发地点在下属城市，按理说，消息不会传这么快。再者，刚才记者很直接地便问王越峰，究竟是不是正当防卫。仿佛他们已经知道了很多内情。

"你们没上网吗？"记者不以为然地回答，"这个事情网上都传开啦，现在讨论度很高的！"

页广区分局的会议室里，参与调查的几位刑警一起看了网络上的报道后，终于明白了是怎么回事。

原来，是在某个情感论坛里，有一位网友发了帖子，以白晓铃朋友的角度，完完全全地将曾杰和白晓铃的故事，声情并茂叙述了一遍。由于帖子是发在婚恋板块，很快引起了很多婚姻不幸的女性的同情和反馈，点击量和回帖率在短时间内暴涨。一些新媒体账号也跟风转发、刊载这篇帖子，在这个信息传播速度惊人的网络时代，短短几天，这件事已经炸开了锅。

　　也怪不得记者们如此上心,身为十允市本地的媒体,他们断然不会错过第一时间报道的机会。想必之后,还会有更多媒体前来。

　　"这件事到底是谁发到网上去的?"王越峰看完网络上的各种评论和文章后,忍不住骂了几句脏话。

　　媒体和舆论的力量,从来都是把双刃剑。现在这把双刃剑,毫无防备地,已经架在了警方的脖子上。

　　"是杨正辉吧。"李德猜测道。

　　李德仔细看过了那篇最初的帖子,觉得很像是杨正辉的口气,否则,帖子中自称的"白晓铃的朋友",还会有谁呢?

　　同时,李德也注意到,无论是在帖子下方,还是在其他转载平台,大多数的民众,都对白晓铃的经历表示了同情。看来,杨正辉打算以这样的方式来"救"白晓铃——利用舆论对警方的压力。

　　很快,如李德所料,越来越多的新闻媒体围聚在页广区分局的门前,甚至影响到了一些日常的警务工作。医院那边更是严重,有一些媒体的记者甚至扮成病人潜入医院想采访白晓铃,警方不得不派了更多人员去值守。

　　媒体如此这般的轰炸,反而使得调查工作更加难以开展。在那篇帖子的渲染下,一些本来倾向于保持中立的人,也都站在了白晓铃那边。

　　比如案发地点那家旅馆的工作人员,一致认为,曾杰确实有杀妻意图。他们绘声绘色地形容着,在住店期间,曾杰如何鬼鬼祟祟,又如何冷漠地对待妻子,诸如此类的臆测。

　　舆论的力量比想象中的还要猛烈,又过去两天,开案情讨论会议时,在场的好几名刑警,包括王越峰在内,都倾向于认为白晓铃是正当防卫。

"可是，也不能这么草率地就认定吧。"当然，也有几位持不同意见的同事。

于是，持不同意见的两拨人争论了起来，最后，小小的会议室里竟然吵得不可开交。

在这个过程中，李德没有怎么发言，除了他天生喜欢沉默的原因外，还有他总是会想起白晓铃躺在病床上的那副神情。

她起初是哭，不过依然很配合，到后来，她又变得很平静，用不太好听的话说，像一摊死水般平静。是真的如她所说，因为她太爱她的丈夫，爱情的破碎让她心如死灰，感到绝望吗？

李德想着想着皱起眉头。他面前放着一叠资料，是连日来有关案情的整理，李德随手翻了翻，看到曾杰的尸检报告，上面有关死因的部分写着：

"胸口、上腹及中腹三处刺伤。胸口刺伤经胸腔刺破心脏，致心包积血、心包填塞、胸腔积血。开胸查探见心包右侧 2.5cm 裂口……

"上腹刺伤位于左右肋骨相交之处，往下二指宽处……

"中腹刺伤位于肚脐正中……"

李德看着那几行字，在脑海里想象着那几处位置。

没有错，都是人体的要害部位。心脏处自不必说，是夺去曾杰性命的致命伤。而上腹刺伤位于左右肋骨相交往下二指宽，那里正好是中医穴位中的巨阙穴。李德少年时代曾一度沉迷武侠小说，他记得，有关巨阙穴，某本经典武侠小说中曾说："击中后将会冲击肝、胆，震动心脏而亡。"

中腹的刺伤也是一样，肚脐正中是神阙穴，神阙穴的损伤将会冲击肋间神经，震动肠管、膀胱，使身体失灵……

曾杰的三处刺伤，似乎每一处都是奔着索命而刺，这是巧合吗？

不知不觉间，李德已经产生了白晓铃有可能在说谎的怀疑。

"喂，我说小子，你倒是也说句话啊？"一旁坐着的王越峰注意到李德走神，叫他。

李德回过神来，回答说："我也觉得还需要再调查。"

见李德和自己意见不一，王越峰习惯性地翻起白眼。

李德淡淡一笑，脑子里的思绪接着飘远了。

如果去询问白晓铃为何刀刀刺中丈夫的要害，她估计也会以"巧合"一说搪塞过去。她虽然表面柔弱，但其实是一个思维敏捷清晰的人。这是李德根据自己识人的经验作出的判断。

必须要找到什么让她没有办法推脱的确切证据才行。

当晚在旅馆究竟发生过什么已经没法弄清楚了，但或许可以从其他的地方入手。

有缺陷的丈夫、痴情的妻子、疯狂的情人、执着的追求者……李德想着这几个在感情中纠缠着的人，想象着几个人的自白。

为了更好地思考，李德将摊放在会议桌一角的记事本挪到自己面前，掏出圆珠笔，在本子上将目前已知的情况都写下来，除了那个不清楚的旅馆的晚上，还剩下另外两点：

1. 曾杰工作室的火灾

2. 三个小时的空当儿

也许这两个地方可以找到些什么。特别是"三个小时的空当儿"。李德仍然抱有很大的怀疑，他用笔将它圈了起来。

第二天，这位黑脸刑警向局里请了假，动身去了白晓铃和曾杰居住的城市——草容市。

组合

从十允市出发，经过几个不大不小的山洞，四周的山陵逐渐低矮下去，列车朝着草容市的方向奔驰而去。

李德坐在一个靠窗户的座位上，手里拿着一本在车站报刊亭购买的杂志。他抬眼看了看车厢头部的显示屏，那里写着：到达草容市的时间是中午12点，前方还有三个经停站。

最近不是两城往返的高峰期，至少，李德乘坐的这节车厢乘客不多，前面的几排都空着，他身旁也没有别的乘客，之前的经停站上上下下了一些乘客，但车厢里仍然空荡荡的。

李德的坐车习惯是在车上看书，通常，一本新闻杂志看完，两个小时刚好过去，也就到了该准备下车的时候。这期间他不会中断阅读，不过，此时，抬眼看完显示屏后，他将手里的杂志合上了。

他直觉这节车厢的后方，某个不引人注意的角落，有一双眼睛在盯着自己。

这不是他的疑心，而是从上车前，他还在车站外跟前来送他的王越峰告别时，他就隐隐地感觉，有什么人在跟着他。

那个人也跟他一样，坐上了这辆列车。

李德把杂志夹在腋下，站了起来，转身，眯缝着细长的眼睛在后排搜索着。很快，在倒数第二排的角落上，他看见了自己心里所想的那个人。

李德走过去，那人戴着帽子和口罩，见李德直直过来，立刻别过头去。

李德跟他打招呼："杨先生，你也要回草容去吗？"

被认出的杨正辉一惊，抬起头来，将口罩摘了下来，露出满脸胡茬的脸。

"你怎么发现我的？"杨正辉不招呼李德，反问道。

李德笑笑，不解释，见杨正辉旁边的位置也空着，他坐到杨正辉旁边。

"你打算一直这样跟着我吗？"

"我……"杨正辉不知怎么回答，但仍然觉得气势上不能输，他没好气地讥讽，"那你呢？你又是打算搞什么？你们警察办案不要两个人一起吗？"

"原则上是这样，不过，也有例外的情况。"

话题很快进行不下去，杨正辉之前便觉得这个黑脸刑警不太好相处，此刻，这种感觉加重。

"我猜猜，之前网络上的帖子，是你发的对不对？"不过，李德似乎毫不在意杨正辉的感受，他继续询问，"这些天，你也一直注意着我们的动静，所以才跟着我上了车？"

"是。"杨正辉承认了。

他的确是在网络上发了帖子，也联系了媒体，在媒体的帮助下，窥探着警方的动静。不过，跟李德上车实属无意，是他今天去页广区分局打探消息时，听到一个记者说，李德和王越峰好像要离开十允。他跟着他们的车一路出城，发现他们来到了北边的动车站，看见拎着行李包的李德进了车站。

他查看了最近的列车时刻表，从北站发车的那个时间只有一趟去草容的，于是他也快速在手机上下单买票，跟着李德一起上了车。

这一系列动作几乎是杨正辉凭着直觉的冲动，他甚至都没来得及思考李德外出会不会是有别的原因。也没有想到，竟然这么快便被李德发现了。

"你去草容市，是为了晓铃的案子吗？"到这一步，杨正辉也觉得没必要再跟他周旋，老实说了一切后，直白地问。

"是。因为我觉得白晓铃在说谎。"见他老实交代了一切，李德也诚实相告，"去草容市，是想找证据。"

"证据？我不懂，警官，这明明是个再清楚不过的案子，那么多证据可以证明曾杰想杀晓铃……"杨正辉说，"而且，她是多么痴心地爱着那个男人啊，这还不够吗……你为什么那么执着呢？"

原来，杨正辉这些天不仅找过媒体，还跟曾杰的情人陈语荷见过面。他知道了曾杰身上的缺陷。

因此，他才认为白晓铃实在是太傻了。他为白晓铃的痴情而震动，也更加可怜她，觉得她不应该因此而获罪。

"问题不在于是不是曾杰想杀她，而是那天晚上究竟是怎么回事。"李德打断了杨正辉的话，"我知道，白女士确实很可怜，可是，法理和情理从来不是盟友，她的可怜不能成为宽恕她犯罪行为的理由。"

"也就是说，你认为她不是正当防卫？"

"对，我是有这样的怀疑。"李德说，"我怀疑她是蓄意杀害曾杰。"

他向杨正辉解释了曾杰的那几处致命伤，以及他对那三个小时空当儿的怀疑。

杨正辉听完后沉默了一会儿，列车刚巧也停了下来，是来到了经停站点。车厢里有几个要下车的乘客走动起来，又有几个拎着箱子的年轻乘客上了车。

李德担心自己坐了别人的位置，不过，上上下下间，拿着车票来让他起身的乘客并没有出现。

列车继续运行，窗外的山丘已经完全消失了，草容市是平原地区，这时窗外出现了片片油菜花田，陆陆续续地闪过。

"那你又是为什么那么相信她呢？"李德又问了一句，再次试图打破两人间的沉默和尴尬。

"你不懂。"杨正辉已无意再同他辩解。他觉得这个冷冰冰的警察不会理解自己的心情。

"是因为爱情吗？可是，她好像对你……"

"这些都无关紧要！"杨正辉打断，"如果你不愿意我这样跟着你，我会在下一站下车，返回十允去陪晓铃。不过，我是无论如何不会放弃的，我坚信晓铃是无罪的，即便到了法庭上，我也会为她作证。"

他说这些的时候又激动起来，李德看见他的眼圈青黑着，大概，这些天他根本没有好好睡觉，是在为心上人而担心。

为一个根本不中意他的人如此，值得吗？

他的偏执让李德觉得叹惋。

李德没有开口让杨正辉返回，默许了他跟着自己。

就这样，他们结成了奇怪的调查组合。

下午两点，吃过午饭，放置好行李的两人来到了草容市的又川区。因为靠近机场，这个区域不允许修高楼，即便是人口密集的住宅区，也至多修到十来层。从出租车上下来，出现在李德眼前的这个小区也是一样。灰白色的建筑风格，楼间距略近，绿化做得也一般，是不算太高档的普通商品房小区。

杨正辉也走下车去，他认得这个住宅区，是曾杰和白晓铃的住所。

很明显，李德的意图，是为了解开三个小时空当儿的谜团，打算重走一遍从这里到草容大学美食街书店的路线。

头顶上有一轮红日，今天太阳格外刺眼，李德到小区门口的便利店里买了两瓶水，递给杨正辉一瓶。

杨正辉不太情愿地接过。

"现在正好是两点钟，大概，就是白晓铃出门的时间吧。我们来模拟一下她的路线吧。"李德跟杨正辉解释。

杨正辉不搭话，闷闷地哼了一声。

李德打开手机地图，虽然他曾是草容市的刑警，但城市的发展日新月异，这时四周的景物都是陌生的，路他也完全不认得。

他在地图上输入草容大学美食街，将终点定位在那家书店上，很快，屏幕上显示了几条步行路线，离这里很近，不到三公里，导航给出的数据是：步行需要 30 分钟。

李德迈开步子，沿着导航给出的一条最远的路前行。杨正辉默不作声地跟着他。

李德一边走，一边打量着周围的楼房，故意放慢了步子磨蹭，走到美食街的时候，他数了数，一共经过了 6 个红绿灯路口。

看看时间，在这样拖延的情况下，他们也只用了 40 分钟就来到了这里，白晓铃就算再怎么行动不便，也不可能将这一段路走上整整三个小时。

"你有什么看法呢？"李德和杨正辉走到那家书店门口的时候，李德问他。

"我没有看法。"杨正辉黑着脸,仍以讥讽的口吻说,"难不成,人家就不能在某个地方歇歇脚,或是去别的地方逛逛吗?"

这话让李德想起白晓铃对那三个小时空当儿的解释:

"哪里都去,漫无目的,公园、广场、商场、街头巷尾……就像一个正常人一样,我哪里都去。"

李德将手机地图放大,仔细瞧瞧刚才走过来的路线。

可是,无论是他刚才选的路,还是导航提供的其他路线,无疑都是四车道路边的人行道,周围都是住宅区,并没有什么景致。公园、广场、商场,这些地方确实有,但根本不在这些路线上,反而是在更远的周边地带。

如果白晓铃要去这些地方的话,和目的地的书店完全是相反的方向。

难不成,坐着轮椅的她,会每天拐到那些地方消磨时间,然后再回到去书店的路线中来吗?

李德觉得不太可能。他向四周张望了一下,现在是下午的上课时间,美食街上除了书店和吃饭的地方,能供人歇脚的地方只可能是网吧、咖啡馆和KTV之类的地方。

他掏出自己的证件,去街上的这些商家那里挨个打听。坐轮椅的女子,这是个很鲜明的特点,然而一番排查下来,并没有什么收获。

头上的太阳渐渐朝西沉没,金色的光覆盖了这一片建筑。街上渐渐人多起来,是下了课的学生们出来吃晚饭的缘故。

美食街恢复了它的热闹,在热闹的气氛中,李德感到阵阵受挫。

最后,他们回到了那家书店,李德走进去,向书店店员确认有关白晓铃的情况。

接待李德的店员正是杨正辉认得的那个八卦店员,店员见到杨正辉跟着警察一起来,好像也稍稍惊讶了一下,不过,他很快平复心情,如实回答:"是的,那位坐轮椅的小姐的确是常客,她常来看书。"

"都是几点钟来?"

"大概是下午五点,有时早一点有时晚一点。"

"她来的日子有没有什么规律呢?"

"规律……也没有什么规律啊,有工作日来,也有周末的时候,没什么特别的。"

结果,想从书店这里找找遗落的线索,这个行动也受挫。

等到他们从书店出来时,外面天已经黑了,美食街上亮起灯红酒绿的商店招牌。

在草容市的第一天,以李德一无所获而告终。

谎言

第二天，李德改变了主意，决定去消防部门问问。这是除了三小时空当儿外，另外一个可以追查的事件。

草容市又川区的消防部门附近刚好在修地铁，施工队将整条主路围了一半，只留下勉强能行驶两辆小车的宽度，好在这本来就是一条不怎么热闹的主街，不会影响到消防车正常进出。李德和杨正辉沿着大街走进去，连一辆路过的车子都没有看见。

"我之前，来过这个地方。"快走到门口的时候，杨正辉坦白道。

"哦？"

"那个时候我怀疑曾杰工作室的火灾同我未婚妻的死有关，所以我想到这里打听打听。"

"那你打听到什么了吗？"李德感觉杨正辉已经渐渐朝自己卸下心防，比起昨日，他的语气不再带着故意嘲弄。

"没有，我谎称自己是记者，但是，对方说没有办法透露，拒绝了我。

现在想想，觉得我那时确实是有点疯狂。"

　　李德想说其实你现在的行动也很疯狂，但刚巧有一辆消防车从外面回来，经过他们身边，因为道路只有原先的一半宽，消防车嘀嘀了两声，使得李德的话没说出口。

　　"你为什么会想来这里调查呢？"杨正辉接着提出了问题，"说到底，那场火灾跟这件事没关联……"

　　"怎么说呢……"李德不知道该怎么解释，"你玩过拼图吗？"

　　"拼图？"

　　"嗯。比方说，有一千片拼图，现在已经拼了九百九十九片，只差一片，如果不把那一片拼上去，肯定会浑身难受对吧？在我眼中，破案也是一样。有的时候，凶手的动机藏得很深，甚至根本找不到破绽，这时，必须把所有不清楚的地方都弄明白……"

　　"呵，不过就是强迫症嘛。"杨正辉斜斜眼，"说得那么玄乎。"

　　"可以这么理解吧，还有一个原因是……暂时也没别的能调查。我想弄清楚曾杰和你未婚妻到底是怎么回事，也许能有遗落的东西出现。"

　　杨正辉听到李德这样说，不以为然地歪了歪嘴，看来，这个警察其实已经走投无路，又不愿意承认对白晓铃的怀疑是误判。他破解不了他臆想出来的"三小时谜团"，只好把注意力往别的地方挪，以免就此一无所获，灰溜溜地回到十允去。

　　不过，内心里，杨正辉也想知道未婚妻失踪之谜的真相，到底自己猜得对不对，是不是那场离奇的火灾害死了自己曾经的爱人。

　　想着想着，两人已经走到了刷着红漆的大门口。一个二十多岁、留着平头、神采奕奕的消防队员站在门口，冲着李德招手。

　　在来之前，李德拜托草容市的朋友联络了这里，这位消防队员正是来接应他们的。队员走上前跟李德打招呼，看见李德身后跟着一个邋里邋遢的男人，脸上闪过疑惑之色。

"他是跟我一起来调查的。"李德模棱两可地解释了一下。

好在这位接到指示的队员也没有深究，他带着他们穿过消防队的小院，来到东侧二楼的某间办公室。

消防队员拿着一台笔记本电脑过来，又给两人倒水喝。

"那个时候，我刚到我们队，我记得那是我来这儿后第一次出动。说起来，也不是特别大的火……"他查看了档案后回忆道。

"不是说整栋楼都被烧毁了吗？"李德喝过水，道谢后问。

"确实是毁了，但是完全是因为那个房子的结构问题，年久失修，摇摇晃晃。我们每次救完火，都会调查事故现场、分析情况，那次的话，单就火势而言，其实算不上猛烈，加上当时我们也去得很及时，很快就扑灭了火。只不过整个房子确实熏得乌漆麻黑，加上几根主梁也都断了……"

"火灾原因是什么呢？"李德掏出一个随身带的小本子。

"是二楼的炭火盆，紧挨着放在布沙发边上。后来我们询问那儿的租户，就是那个陶艺家，他说是晚上在二楼招待朋友，当时把炭火盆放在了沙发边上，之后朋友走了，他也下楼了，完全没注意到……"

这些都和杨正辉说的没什么出入。李德看向杨正辉，见他抱着胳膊坐在一旁，神情严肃。

"事后的现场调查，有没有从被烧毁的东西中发现什么特别的东西？"

"特别的东西？"

"大概是人骨，或是骨灰之类……"

"骨灰？"虽然知道李德的身份是刑警，但队员还是惊讶了一下，"没有，如果有那种东西，我们一定会发现的。"

"可你们怎么发现呢？"杨正辉终于忍不住插嘴，"如果有一个人在那之前被烧成了骨灰,在那种火灾现场,到处都是黑乎乎一片,你们怎么发现呢?"

"先生,这你就错了。"面对杨正辉提出的专业性质疑,队员不客气地反驳,"即便是火葬场的焚烧炉,也不会将人完全烧成灰烬,而是在骨灰中残留着小块碎骨,甚至是比较大块的骨头。像电视剧中那样完全像细沙一样的是不可能的。再说,我们现场勘查的都是专业人员,如果有这种东西,我们一定会发现的。"

"但即便是火葬场的焚化炉,至多也就烧一两个小时吧,那个窑炉可是能够连续烧制一整晚甚至好几天的!你们怎么知道不会被完全烧成粉末呢!"

"如果你非要这样钻牛角尖,我也没办法反对!但是,事实上,我们确实没有发现这种东西。"因为杨正辉激动地提高了声音分贝,队员也下意识地大声起来。

李德见两人快要吵起来,赶紧插嘴问队员:"那你觉得,那场火灾有没有人为之嫌?"

"人为?"被打断的队员愣了几秒,"怎么说呢,这种情况偏偏是最不好判断的那一种,起火原因是炭火盆烧着沙发,但炭火盆为什么会放在沙发旁边,这个超出我们的评估范围了……"

"曾杰,就是那个陶艺家,你们赶到的时候,他是躺在楼外面吗?"

"是的,他裹着灭火毯,戴着防烟面罩,多亏他冷静地拿了这些东西,除了最开始吸入浓烟导致他昏厥,竟然没有其他外伤……"

"可是,一般的人,会懂得这么专业的火灾逃生方式吗?"杨正辉又插话。

"一般人是不懂的,大多数时候,我们见到的火灾受害者,甚至连灭火器怎么用都不知道,毕竟很多人都认为,火灾这种低概率事件,是

棕 眼 之 谜

根本不可能发生在自己身上的。"消防队员看在李德的面上跟杨正辉解释,"为此,我们针对一些大型单位、事业团体,举办过一些科普讲座……草容大学也在这个计划之列。那个陶艺家后来说,他正是听过火灾防范的讲座,才安装了专业的消防栓……毕竟是受过高等教育的大学老师嘛,配合度比较高,事实也证明,准备这些专业的东西,救了他的命。其实在火灾现场,火是一个致命原因,但大火造成的浓烟更是一个致命原因,火灾里的多数死者,其实都是死于窒息,所以,多亏了那个防烟面罩……"

队员说着说着,顺带科普起了防火灾知识。

"也就是说,那场火灾中,火其实不大,很快就被扑灭了,烟才是致命的?"李德听完后问。

消防队员点头。

"那既然火情不大,为什么三楼的曾太太没有跑出来呢?"杨正辉再次急不可耐地插嘴。

李德看了杨正辉一眼,意识到,或许是创伤后遗症,失去过一次爱人的杨正辉,一遇到和爱人有关的事,就会变得疯狂起来。不管那个爱人是谁,也不管,他是不是在无果地单相思。

不过,聪明如李德,是想象到了白晓铃没有逃出来的原因的。通常,火是往上走的,二楼起火,三楼应该是最严重的地方,加上白晓铃因此残了腿,估计是落下的主梁,砸伤了她。

然而,事实跟李德想的不一样。因为队员的回答是:"曾太太?什么曾太太?"

两人都一愣。

"火灾的当晚,只有那个陶艺家一个人在那里呀!"

"什么?"杨正辉几乎是喊了出来。

队员被他的叫喊吓到,一时间也愣愣地看着他。

"你没有搞错吗？"杨正辉再次问。

队员点头，表示那天晚上的火场里，只救出了曾杰一个人。

"可是……这怎么可能呢？那天晚上……"

"我看，你们是弄错了吧。"队员继续解释，"那个陶艺家被我们救出后，他的太太很快就赶到医院去看他呢，当时还哭得很伤心。我还记得那位太太说，他们本来晚上是一行人在那间工作室聚会，后来她有事先走了，客人可能不久后也跟着走了，也不知道为什么会起火，当然，事后调查很快发现原因是炭火盆。总之，那天晚上确确实实只有那个陶艺家一个人在那里……"

李德和杨正辉从消防队出来，走出那条在修路的主街，又转到另一条小街上。两人都一声不吭。

连李德也没有想到，曾杰的那场火灾中藏着白晓铃的谎言。

这甚至都不算是一个高明的谎言。

为什么白晓铃要说自己当时在火灾现场呢？

刚才的队员证实，接到消息去看被救出来的曾杰的白晓铃，是个健全的正常人。

"那个太太很漂亮，身材也很好，没有你们说的缺陷啊。"队员最后这样说。

那她为什么要说自己是因火灾而瘸腿呢？是为了让自己显得更加可怜，以此凸显曾杰的可憎吗？

可这么明显的谎言，她难道不知道很容易就会被识破吗？还是说，她抱着过去的事警察不会去调查的侥幸心理吗？

"她的腿上有烧伤。"这时，杨正辉自顾自地呢喃着。

李德回过神来，看见他神色凝重。

"那她腿上的伤怎么解释呢？"他转过脸看着李德，但李德觉得他

223

好像根本不是在跟自己说话，只是在癫狂地自语。

李德想起来，医生的确是说过，白晓铃的腿上有类似烧伤的痕迹。也因为那样，起初李德便猜想可能是由于什么事故造成的。因此，当她说腿伤是火灾造成时，自己也并未怀疑。

看来，是又因为先入为主而犯错了。

不过，李德马上又回忆起在那间病房里询问白晓铃的情形。

似乎，她并没有主动说起这件事，一直都很回避。

"欸？她的腿是火灾造成的，这一点是她告诉你的吗？"李德问杨正辉。

这一问，让杨正辉也想起来，当他怀疑白晓铃是因为火灾而坐上轮椅，去找她求证的时候，白晓铃有争辩着说"不是"。

难道，是自己误会了？真的是所谓的"车祸"导致？

可是，她又为什么要在警察面前说是火灾呢？她到底在隐瞒什么？

杨正辉答不上李德的话，只呆滞地和李德四目相对。

性格神经质的他这时觉得，李德那双锐利的眼睛正在嘲讽自己，仿佛在说："我说对了吧，白晓铃真的在说谎。"

第九章

调查

"晓铃的腿伤,是在那场火灾后不久,她独自驾车外出,出了车祸导致的。"

在离开消防部门的三个小时后,杨正辉和李德从白晓铃母亲的口中,得到了她为何坐轮椅的真相。

"可是车祸怎么会有烧伤呢?"李德问。

"那也是车祸导致的……晓铃说,当时她走神了,没注意到路上有一个横穿马路的小孩,因为来不及刹车,下意识往右打了方向盘,车子和路边停着的一辆面包车撞上,那辆车的油箱泄漏,因为急剧的高热而挥发气压,导致车子爆炸起火……最终的结果是晓铃小腿骨折损伤,腿上的烧伤,也是那个时候留下的……"

白晓铃的母亲如此跟两人解释。

这番对话的发生地是白晓铃父母的住所,草容市西郊的某个别墅区。说出这些话的白晓铃母亲,正伤心地抹着眼泪,目光呆滞地盯着他们面前的茶几。

茶几上准备了茶点，但三人都无心享用。

"她开车外出，是去哪里呢？"李德继续问。

"这……"老人的脸上闪过一丝难色。杨正辉看见她的嘴角僵硬了一下。

他们坐的这间客厅里堆砌着古玩字画，反映出居住者富裕的生活，但这时沉默的老人，依然让人觉得凄凉。

杨正辉想起来李德告诉自己，白晓铃的父亲已经赶去十允市了，现在只有这位母亲一个人在家。

"有什么难言之隐吗？"李德也看出了她的为难。

老人犹豫着，低垂着和女儿相似的眼睛，想了想说："罢了，反正那孩子也……好吧，我告诉你们吧，晓铃那个时候是去医院。"

"医院？怎么，是去看病吗？"

"嗯，不过，不是晓铃，是曾杰……"老人告诉李德，原来白晓铃出车祸那天，开车外出是为了去医院接曾杰。

"晓铃几年前告诉我，曾杰有一种不太好的病。但是这件事没人知道，她只跟我说过。"

"莫非是……"看老人遮掩的态度，李德明白了。所谓的不太好的病，是曾杰的那个缺陷。

"对，就是那个。"在李德问询后，老人承认了，"唉，这是多么可惜的一件事啊，曾杰那个孩子那么优秀，怎么就会有那种缺陷呢？也因为这样，晓铃出车祸后，每当有人问起，她就说自己是独自外出……"

这些话让旁听的杨正辉再次感到触动。

也就是说，她的腿伤既同丈夫无关，又同丈夫有关。可是即便这样，她还是在保护丈夫的秘密。不过，这似乎也是情理中的事，有哪个遭

227

棕眼之谜

遇意外的妻子会告诉外人,自己是因为去医院接性无能的丈夫而出事的呢?

那么,她对警察说谎腿伤是火灾中造成的,也是这个原因吗?可是,警察去询问她腿伤时,曾杰的秘密早就大白天下了。她为什么要撒这么明显的谎?

"那白女士她有没有跟你表露过,对于丈夫的缺陷,她有什么看法吗?或者,这件事是否影响到她呢?"杨正辉疑惑间,听见李德又继续问话。

老人摇摇头,接着叹气道:"我说不好,那个孩子对待爱情很理想主义,脾气也犟得很……其实我虽然觉得可惜,但是作为一个母亲,是不愿意她就那样跟曾杰耗着的,她没出事前,我还建议她早点离婚。可是她说什么也不愿意,就情愿跟那个曾杰那样生活着。当然,我也没想到晓铃之后会出了车祸,命运让她坐上了轮椅。从那之后,我也不反对她继续和曾杰维持婚姻了,毕竟那样子的她,离了曾杰也不好再找。曾杰也一直跟我们说,他会好好照顾晓铃,可是谁承想他们俩会演变成现在这样呢?也都怪我这个做母亲的太迟钝,我还以为曾杰是个好孩子,没想到,是我和她爸爸看走眼了……"

原来,杨正辉发在网络上的那些帖子,老人也都看到了,这一刻,她在深深地自责。

杨正辉看见老人憔悴的脸上挂满深深浅浅的泪痕。

等到他们辞别白晓铃的母亲,从那个住宅区离开的时候,走在附近略显荒凉的街道上,杨正辉感觉自己的步伐变得沉重起来,无形中好似被什么东西压着似的喘不过气来。

白晓铃真的在说谎,可是,到底是为什么呢?

这样再次反问着自己时,心中已然有了一个模模糊糊正在显现的答案。

只是杨正辉还抗拒着那个答案,不愿意相信。

他也更想不到,紧随着李德之后的调查,竟有越来越多的证据陆陆续续浮现。

在草容市的第三天,杨正辉跟着李德来到了水元艺术村。他惊觉,李德走的这些地方,他曾经都去过,只是,身为普通人的他屡屡碰壁,李德却能一路畅通无阻。

可能,还是李德手上握着那张黑金相间的警官证的缘故。

正午刚过,春日的暖阳斜照着水元村里大大小小的矮楼。楼栋外墙上的涂鸦颜色迥异,李德在杨正辉的指引下,来到了曾杰那栋新建的工作室。

红色的三层小楼,简约现代,落地窗结构增添通透感,透出主人的良好品味。只是已经没有学生来的缘故,这栋漂亮小楼显得萧条了。

来之前联系了草容大学,对方说会派一个曾杰的学生来接应他们,不过他们比约定的时间早到,这时学生还没有来。

院子里空空荡荡,李德和杨正辉一起走进院子里等待。杨正辉注意到,本来之前这里堆着很多瓶瓶罐罐,但现在也没剩下几个,兴许是学生们拿走了。

那个一人高的窑炉立在院子的西北角,李德走过去围着看。窑炉的门是关上的,就体积推测,内部的空间至少有四五个立方,甚至可能更大。

他们等了一会儿,一个高个子年轻人急急忙忙从他们刚才进来的路上小跑而来。

"对不起,久等了。"年轻人为自己的迟到而道歉。

杨正辉看看年轻人,正是之前来的时候同他照面过的一个学生,他还记得,在曾杰的工作室,这个年轻人是类似"大师兄"一样的角色。

年轻人也看到了杨正辉,不过好像仍然以为杨正辉是记者,也没有怀疑,他带着他们一边往里走,一边解释道:"学生们已经不来了……现在只有我偶尔过来打扫下。"

李德却不急着进楼去,而是拉着年轻人问窑炉的情况:

"这个炉子听说是火灾后重新买的?"

"是。"

"这个东西平常会打扫吗?"

"偶尔会。"

"那么,火灾之前的那个炉子呢?"

"因为烧坏了,所以后来处理掉了。"

"那么,火灾发生之前,你们有没有打扫过炉子?"

"欸?"年轻人稍微愣了一下,可能是不明白李德为何问这种问题。一旁的杨正辉倒是猜到,李德是在查曾杰是不是真的用炉子烧过尸体。

"都那么久了,谁还记得啊。"可惜,年轻人根本想不起来了。

"那么,火灾前有没有烧过瓷器呢?"

"那肯定是烧过的啊,我们工作室的学生很多,作品也高产,包括老师自己也勤奋创作,大概,平均一周会烧上两次左右。"

"火灾之前烧瓷器的时候,有没有过什么奇怪的,或者和平常不一样的地方?"

一问一答间,杨正辉看见李德又掏出了他的小本子。

"这个嘛……"年轻人摸着下巴思索,"说起来,好像有一天早上来的时候,大概是火灾前一天,院子里好像臭臭的,说不上来,有股怪味儿……"

"怪味?"

"嗯，我当时还问老师有没有闻见，老师说，可能是他新换的釉料的味道……不过，我感觉那股味道比釉料要冲一点……"

年轻人断断续续地回忆着，李德将他说的话都记了下来。

这似乎是重要的发现。

杨正辉也暗想，所谓的怪味，会不会是烧尸体的时候残留下来的呢？

然而，年轻人能提供的回忆也到此为止了。他再想不起更多的事，也没有更多的线索能证明，这个地方到底有没有来过一个像刘薇那样的女人。

他们三人终于走进屋去。

工作室的一楼里也几乎没什么东西了，原本放瓷器的架子上剩下零零星星几个瓷瓶，已经蒙上了淡淡的一层灰。

转了一圈，没什么可看的，他们又改去二楼。

楼梯稍微有些陡峭，年轻人走在前面，李德和杨正辉在后，上楼的时候，李德想起什么似的问年轻人："起火前是有个聚会对吧，你当时在吗？"

"在，我和几个师弟，还有老师的几个朋友，大概有十来号人，对，还有师母也在。"

"中途白晓铃女士是先离开了吗？"

"对，大概是晚上9点半，师母说她困了想上楼去睡觉，但实际上她是回去了。当然，这是火灾后才知道的事。"

"那么你们离开的时候是几点？"

"差不多10点吧。我们也觉得太晚不好，加上老师也说，他晚上要烧一批瓷器，所以师母走后没多久我们也走了。老师还送我们到了村口……喏，这里就是二楼。"

说话间已经到二楼了，年轻人自觉退到一边。李德和杨正辉跟着上来。

这也是这么久以来，杨正辉第一次来到这场火灾谜团的中心。

棕眼之谜

他看到的，依然是一个开阔敞亮的空间，一侧都是落地窗结构，白色的薄纱帘在窗边微微随风而动。窗边有一个小书柜和两组半人高的画架，上面夹着白色素描纸，地上有带轮子的小推车，上面堆放着画具。

一组布沙发放在整个空间的中心位置，沙发的背面，是胡桃木制的长条形工作桌。

"沙发的位置，还是像之前那样摆放的吗？"李德来到那组布沙发边。

年轻人点头答："基本上所有的陈设都和之前相同，因为老师有一点强迫症，他说习惯了之前的布局，不想改变。"

"聚会时炭火盆的位置呢？"

"大概是这。"年轻人指了指沙发前端茶几的位置，"我们当时围坐在沙发边，当时没有茶几，炭火盆就放在前面。"

李德看着年轻人手指的方向，眯起眼睛。

他又继续朝四周打量了一番，在二楼反复地踱起步子。

"三楼能上去吗？"

"可以。"年轻人给他指了指通往三楼的楼梯口，"上面是老师的卧室。里面也和之前是一样的布局。"

李德走到楼梯口往上看了看，却又表示自己不上去了。

杨正辉不知道他在唱哪出，疑惑地看着他。只见李德又走到窗户边，在书柜边停了下来。

过了几分钟，李德像是一个激灵似的又转过身，对年轻人说："对不起，我们可不可以在这儿多待一会儿？"

"当然，请便。"

李德说了句"谢谢"，用猎豹似的眼睛盯着年轻人。

他的眼神让年轻人明白了，他是希望年轻人能回避。

年轻人识趣地冲他和杨正辉点点头，转身下楼去了，咚咚咚的脚步声渐行渐远，很快完全听不见。

"为什么要把人家支走啊？"一直沉默的杨正辉再次搞不懂了。

"我知道了。"李德没有回答他，自顾自地说，"我知道这是怎么回事了。"

"啊？"

"正辉。你听我说。"李德叫杨正辉，"我想那场大火……是白晓铃放的。"

一头雾水的杨正辉听见他的话，感觉自己身上正在起鸡皮疙瘩，一层又一层。

推理

"你……你在说什么?"杨正辉反问李德。

"刚才,你也听到他说的话了吧,那天晚上的情况……"

"那天晚上,白晓铃是借口要去睡觉而上楼的。那么,会不会她是真的上楼了,在楼上一直等到曾杰去送所有客人时,她才悄悄离开呢?刚才年轻人说,炭火盆是摆在沙发前面茶几的位置,可起火原因是炭火盆烧着了沙发。那么,多半是有人挪动了炭火盆的位置才会起火。而这个人是谁?是不是佯装上楼去睡觉的白晓铃?

"假设,她当晚说要上楼睡觉,实际上是躲在三楼,等待着所有人都离开。等到曾杰去送客人时,她悄悄下楼挪动炭火盆的位置,毕竟她到底是什么时候走的谁也不知道。所以,毫不知情的曾杰返回后没有上楼,而是在一楼烧制瓷器,夜渐渐深沉,炭火盆终于点着了布沙发……"

"你简直是在胡说八道!"杨正辉忍不住打断他。

"正辉,你冷静点,我觉得这种情况是完全有可能的,现在我们不知道曾杰到底有没有杀害你未婚妻，但即便他害了你未婚妻，他也没有理由烧掉自己的工作室，况且，他自己还在火场里……"

"所以你凭这一点就觉得是晓铃放火？你也太武断了！再说，她为什么要这么做？她那么爱曾杰……"

"问题就在这里。"李德顿了顿，"假如，她其实憎恨着曾杰呢？"

"你说什么？"

"假如，事实上，她心里和她表现出来的完全不一样，她其实憎恨着曾杰，憎恨着那个花心的丈夫，恨到想要亲手杀死他呢？并且一直在等待机会呢？那天晚上的聚会是一个机会，在旅馆的晚上也是一个机会……"

"胡说！这怎么可能？你有什么证据这样乱说？"

"有，我有证据，而且，那个证据就在这里。"

"什么？"

"你过来看。"

李德说着冲杨正辉招手，杨正辉挪动着沉重的步子，来到李德站的窗户边。

他们面前是两组画架，上面的素描纸上画着一幅素描裸体人像。杨正辉虽是外行，但从画面中清透细腻的笔触中也感受到了，这幅素描属于画得很好的那一类。

画面的右下角有曾杰的签名，看来这是曾杰的练习作。

杨正辉不懂为何李德要让他看这个。

"对于曾杰，我也上网查过他的情况。"李德说，"虽然被大众所知的身份是陶艺家，但其实所有美术学科的基础都是素描。在做陶艺前，曾杰也画素描和油画，只是可能西南地区的画家太多了，他没有混出头来。在学校里，除了教授陶艺课，他也教人体素描课。"

"所以呢？这些跟晓铃有什么关系？"

"你再看这儿。"李德指了指一旁的书架。

杨正辉顺着李德的手指看去，见书架上叠放着很多专业书籍，类似《瓷器鉴赏》《宋代制瓷史》之类。除开这些，那里还有不少人体素描专业书籍——《人体解剖绘画教学》《艺用人体解剖学》《人体素描》……

李德从中抽出一本，递给杨正辉。

杨正辉不太明白地接过，翻开来，里面是密密麻麻的文字讲解，时不时穿插着几张图片。

杨正辉看着那些解释人体结构的图片，窗户开着，一阵微风吹了进来。

他突然明白了李德的意思。

"白晓铃刺向曾杰的那三刀，为什么会如此精准地指向要害部位呢？"李德故意问他。

杨正辉接不上话，但他也想通了，答案就在这些书里。

这个世界上，除了医生，还有一个职业需要精通人体结构知识——画家。自学了艺术史的杨正辉知道，在专业的艺术院校，人体素描是必修课。白晓铃虽然不是艺术系的学生，但身为曾杰的妻子，她或多或少会受到些熏陶，甚至摆在这些书架上的书，她可能也有意无意地翻看过。

"我不懂，李警官。"杨正辉拿着书的双手不自然地颤抖起来，"即便她知道这些，或者，看过这些书，又能证明什么呢？况且，知道归知道，刺不刺得中又是另一回事啊，你怎么能判断那不是巧合呢？"

"那你觉得是巧合？正辉，不要自欺欺人了，难道答案还不够清楚吗？"

答案还不够清楚吗？杨正辉反问着自己。

的确，三处刀伤都在致命处，这很难以巧合来解释。

"不，我不信，再说，如果她是蓄意，全部刺中的可能性也很低吧？

她又不是外科医生,她只是个普通人啊。"

"她只是个普通人,但她做到了,你仔细想想。"李德没有再跟他争辩,平静地说。

杨正辉将手里的书合上,放回书架上,他觉得有些头晕,书架旁有一张小凳子,他一屁股坐了下去。

他控制着自己的思绪,不要按李德说的去想,但是,那个答案已经没办法阻挡地跳出来。

不是外科医生的白晓铃,准确无误地将水果刀刺进了曾杰的每处要害,结束了曾杰的生命。除了是巧合外只有一种可能——她"练习"、"准备"了很久。

可能,她的双腿被轮椅禁锢着,却给了她冷静思考和谋划的契机。当她无数次凝视着曾杰的时候,她盯着的不是曾杰那张英俊的脸,在意的也不是曾杰的花言巧语、冷淡或是哄骗,她关注的,只是曾杰身上那些致命的死穴。

可能,她早已在脑海中演练、观察了无数次。为的就是有一天,能在那些部位上给丈夫狠狠一击。而那一天,在那个旅馆的夜幕中,如她所期望的来临了。

成功刺入曾杰要害的那几刀,就是她长期以来观察准备的结果,是由她的恨化成的执着的意念,是她精准的报复。

"我认为白晓铃并没有那么疯狂地爱着曾杰,相反地,她憎恨着既性无能又只把自己当做提钱工具的曾杰。"李德的声音继续响起,"她知道曾杰对她有杀意,因为你已经提前告知过她。可事实上,这正是她一直在等待的机会,因而在明知道有危险的情况下,她执意跟着曾杰一起外出旅行。曾杰在伺机制造意外的同时,她也在伺机杀害曾杰。"

杨正辉沉默了。

"从伤害结果看,她和曾杰都受了伤,事后法医鉴定也说是互相争斗导致,可究竟是谁先谁后难以判断。或许,她的自白真假参半。否则一心想制造意外的曾杰为什么要突然改用刀杀害她?大胆想一下,会不会,那天晚上其实是她主动挑衅曾杰呢?大概,她只要对曾杰说几句'像你这样的男人有什么用?外面随便一个男人都比你强!''我可能是瞎了眼了才嫁给你,你还算是个男人吗!'类似这种夫妻间争吵常见的话,就可以狠狠刺痛曾杰……身为妻子的她最清楚,曾杰因为那个缺陷是多么自卑敏感。只要在这一点上挑衅嘲笑,曾杰必然会愤怒得失去理智……只要曾杰失去理智,他就有可能在怒火中拿起那把匕首……那么,白晓铃便可以按照计划,将准备好的水果刀,刺入那些观察许久的致命穴位……那个像次品般的男人,就会一命呜呼了。"

杨正辉听着李德的话,好像已然在眼前看到了那一幕,在旅馆房间的黑暗中,白晓铃举起水果刀,刺向那具她一直"演练"着要刺入的身体……杨正辉用手捂住嘴唇,闭了闭眼,用力吸了一口气。他感觉头更加晕了,好像已经不属于自己了。

"至于你,正辉,在她的这场杀夫计划中,到底扮演了什么角色,你自己也很明白吧?"

"我……"

"她在利用你。利用你对她的同情,利用我们对她的同情,利用她的'棕眼'——她的瘸腿……她扮演了一个受害者的角色,她需要一个能支持她、帮助她脱罪的有力证人,而你则刚好可以做到……"

"够了,你不要再说了。"杨正辉不想再听下去了。

他先前隐约升腾起的想法,此刻已然无比清晰地呈现。

可那是真的吗?从头到尾白晓铃都在骗自己?

他想起和白晓铃在书店的相遇,他们一起说笑的时光,原来连那些都是虚假的吗?那她是一开始就打算利用自己,还是在知道自己和曾杰有恩怨才临时起意?

不过,似乎到了这一步,这些都不重要了。

"我……还是不相信。"杨正辉固执地吐出这几个字。

这是他最后的挣扎,与其说是不相信,倒不如说是期望着一切都是一场梦,期望这一切没有发生过。

李德看他这副模样,不禁也跟着叹气。

"那我们走吧。"李德又说,"我带你去看最重要的证据。"

"什么?"杨正辉抬起已经湿润的眼。

"三个小时的空当儿,我觉得我知道她到底去哪儿了。"

他们又来到了草容大学的美食街。

这时天黑了,街上像上次来一样热闹,李德沿着上次走过的路,在一家杂货店门口停下来,四处张望。

杨正辉也跟着他四处看,但是仍然很迷惑。

"你看那边。"李德又给他指引。

所谓"那边",是一栋三四层的建筑,并没什么特别,刚巧,上方的天空飞过一架闪着灯的飞机,这个片区离机场近,这是常有的景致。

飞机飞得很低,缓缓地匀速移动。杨正辉的视线一时被飞机吸引。

一直到几秒钟后,他的瞳孔瞬间放大,看到了那栋建筑上的一个招牌,又注意到,那栋楼有专用的直行电梯。

"白晓铃说得没错,不应该把她当作残疾人,正是因为大家都将她当作了残疾人,才落进了她的圈套。"李德说,"三个小时的空当儿也是一样,她只是去了一个正常人会去的地方。"

的确,那是一个正常人会去的地方。

"走吧,进去问问。"李德又叫他。

他回过神来,感觉已经分不清东南西北,只是木讷机械地跟着李德前进。

大约一小时后,他们从那栋建筑物里出来了。

他们找到了实实在在的证据,证明白晓铃是在说谎,证明白晓铃想杀曾杰的证据。

杨正辉觉得自己再没办法为白晓铃辩驳什么了。无论再说什么都是苍白无用。

"李警官。"他们往前走了一段路后,杨正辉叫住李德。

"哦?"走在前面的李德转过身,因为解开了谜团,李德的步伐显得很轻松。

"你接下来打算怎么做?"

"这个嘛……"李德想了想,"赶回十允市去……"

"然后说出这些天的发现?"

"嗯。"李德点头。

"那,我可不可以求你帮个忙?"杨正辉用恳求的语气说。

"你说来听听?"不知他到底是何意的李德没有直接答应。

"我想再见她一面。"杨正辉说,"求求你,请你,让我听到她亲口告诉我真相吧……"

美食街的街上依然往来着年轻的学生们,热闹的氛围不减,他们站的位置旁边有一家便利商店,商店门口的霓虹灯五光十色闪烁着,七彩的眩光打到杨正辉晦暗的脸上。

他近乎是哑着嗓子、含着泪光在哭求李德。

假相

和李德一起再回到十允市的那天，是个万里无云的春日。

杨正辉本很想直接奔去医院见白晓铃，但李德决定先去一趟页广区分局，可能是要同他的搭档王越峰碰面。

然而，真正到达那个已经颇为熟悉的蓝色小楼时，杨正辉才发现，他们根本没办法顺利进去，因为那个小院外围满了蹲点的记者。

连杨正辉自己也没想到，当时走投无路选择网上发帖子的行为，会在后来造成轰动。

李德只好带着杨正辉从另一边的小巷绕行，给里面的王越峰打了个电话，不一会儿，杨正辉看见那个大肚子的刑警竟然像做贼似的、鬼鬼祟祟地从巷子里小跑出来。

"王哥，这边。"李德压着嗓子叫他，又跟杨正辉解释，"我们局后面有个'秘密通道'……"

如果是平常，杨正辉见两个警察这样的奇异举动，或许会觉得好笑，但现在完全没这种心情。

王越峰探头探脑地走过来，跟李德寒暄两句。李德表示，他想带杨正辉去×医院看白晓铃。

"啊？"王越峰一愣，"你这小子咋想一出是一出呢？你不知道那个医院外面也蹲着很多记者吗？"

"不是之前都赶走了吗？"

"赶走？那些狗皮膏药一样的家伙是那么容易赶走的吗？"王越峰咂咂嘴。不过，虽然语气很冲，最后王越峰还是答应了李德。

王越峰从原路返回局里，很快，开着李德之前停在局里的黑色小车从正门出来，拐到后面的这条巷子里，将两人接上车。

"看你这样子，你是找到什么线索了？"王越峰一边继续朝着医院出发，一边十分默契地问坐在副驾驶的李德。

"嗯。"李德轻轻应声。

"说来听听？"

"这个嘛……还是一会让白晓铃自己说吧。"李德通过后视镜看到后座上黑着脸的杨正辉，想起自己应允他的事，如此说道。

三人来到医院，小心翼翼避开蹲守的记者，从住院部的小门进去，坐上了电梯，折腾一番，终于来到白晓铃的病房。

推开门走进去时，一个年轻小护士正在给白晓铃的吊瓶换药，见到李德和王越峰进去，小护士很懂规矩地跟他们点点头，推着手推车先出去了。

病床上的白晓铃也跟他们微笑示意，只是，她的笑容很快凝固。

因为紧跟着两个刑警进屋的人是杨正辉。

这番明显的神色变化，杨正辉自己也注意到了。他猜想，自己又自作多情了，她根本不想见自己。

跟记忆中相比，白晓铃更加消瘦，脸色更加苍白，身上穿着宽松的病号服，胳膊上、头上都缠着绷带。

还没开口跟她问好，便听见她说："正辉，你……你为什么来了？"连说话的语气，也是不太开心的。

"我想来看看你。"

"我不是说过，我们不要再见面了吗？你来干什么……"

谈话瞬间陷入了尴尬，杨正辉难以接话。白晓铃转过脸去，故意不看杨正辉。

眼见气氛如此冰冷，不知到底是怎么回事的王越峰说了几句圆场的话，最后表示，其实是李德带杨正辉来的。

"不，是我自己要来。"杨正辉辩驳说，"晓铃，是我想见你，我想听你亲口告诉我真相。"

"真相？"看到明显很是激动的杨正辉，白晓铃也很意外，她愣了一下。

"我们去了那条美食街……一家干洗店的楼上。"李德见状插话解释，"他都知道了……你在去书店之前去的那个地方。"

白晓铃又是一怔。

"是三小时的空当儿，对吧？"这时王越峰凑到李德的耳边小声问。

李德轻轻点头。

病床上的白晓铃舔了舔发白的嘴唇，用手轻轻捏着盖在身上的棉被，没有作声。

"晓铃，你真的在骗我？你一直在利用我吗？"杨正辉问她。

白晓铃沉默了。

"你想杀害曾杰，想让我帮你脱罪，是不是这样？"

她的眼睛里闪烁起了泪花，又继续沉默了一会儿，将脸别了过去，

243

棕眼之谜

回答:"既然你已经有了这样的怀疑,那我同你更没有什么好讲的。"

一旁的王越峰见此情形感到迷惑,他歪着眉毛,扯了扯李德的衣袖,继续悄悄问李德:"喂,小子,这两个人咋回事啊,到底唱哪出啊?"

李德叹了口气,看着僵持的两人。

"你倒是说话啊,我还等着听呢。"王越峰忍不住拧李德的胳膊,"三个小时的空当儿,答案是什么?"

李德低低地叫了一声,将王越峰拉到病房的一角,压着嗓子说出答案:"一个正常人会去的地方。"

"正常人……不是,都到这时候了你还跟我卖什么关子啊?什么叫正常人会去的地方?"

"健身房。"

"啊?"王越峰怀疑自己听错了,"你说啥?健……健身房?"

他重复了一遍这个地名。

"对,就是健身房。"李德说,"就在那条美食街上,在一家干洗店楼上,有一家健身房,那里有安装可以上楼的直行电梯,那家健身房甚至离她常去的书店也就一百米左右的距离。"

"可是……她一个残疾人去健身房……她干吗啊?"王越峰还是觉得这个答案有点离奇。

"是啊,一般人怎么会想到,一个残疾人会去健身房呢?甚至我第一次从那儿路过,也完完全全忽视了那里,尽管它和那家书店真的隔得很近。"

"不是……我是说,她为什么要……"话说出口,没两秒,王越峰也想明白了。

是为了杀曾杰。

如果不是长久的训练,双腿不利的白晓铃怎么能在那个晚上成功将曾杰刺死呢？先前李德曾说过，即便是她先趁曾杰不备而动手，曾杰毕竟是一个体格健全的成年男子，体力、爆发力，都是强于白晓铃的。

"她是在健身房里锻炼吗？"王越峰用确认般的口吻问。

"对。其实我一开始听她的自白，她说她反扑向曾杰的时候，我就隐隐感觉不太对。虽然法医说曾杰的体格不算强壮，可她怎么样也应该比曾杰更弱才对，但最后的结果居然是她赢了……不过，因为她残疾人的身份，因为她的柔弱，大家都认为这大概是她幸运，殊不知，她正是利用这一点将我们欺骗。而这一切在那家健身房里都有答案，很明显，一个残疾人去健身房锻炼，给整个健身房的人都留下了深刻的印象。那里的老板告诉我，他清楚地记得白晓铃，记得她在那里，反复训练上臂、胳膊和胸腹，老板说她的训练很有成效，可以轻松举起二十斤的哑铃，不过，老板也以为她只是个'身残志坚'的坚毅女子而已，并未多想，还对她的精神表示赞叹……"

王越峰听着，视线看向病床，白晓铃的胳膊上缠着厚绷带，但依然能隐约看出一些肌肉线条。

可这么明显的破绽，先前竟然没注意到。看来，果然是因为先入为主，将她当做了有缺陷的"弱者"看待。

那也就是说，她应该是从很早之前，就开始计划杀死曾杰了。

"所以，她每天出门的目的，不是为了去书店，去健身房才是真，书店只是幌子，只是为了防止曾杰哪天心血来潮，要接她回家……"

他们的说话声不大，但在这间小小的病房里，白晓铃和旁边的杨正辉都能听得清清楚楚。

杨正辉看着病床上的白晓铃，忧郁的侧脸，披散的头发，同自己在书店和她初见时几乎一样。

"晓铃。"杨正辉接着开口，"我不管他们怎么说，我什么都可以不管，只要你告诉我你不是在骗我,我就相信你。我愿意相信你。"

"我同你没有什么好说的。"她终于将脸转了过来,表情却很严肃,"既然你们都查清楚了,我也没有什么好狡辩的。是,我是在利用你的同情。利用你们所有人的同情,利用我自己身上的'棕眼',从我认识你,以为你是曾杰的学生时,我就打算利用你,我故意让你去监视曾杰,找到他出轨的证据。就是为了让你做我的'证人',证明是曾杰要杀我,我只是奋起反抗,错杀了他而已。"

"也就是说你一直在骗我?"

"我骗你?"她冷哼了一声,"对,我是在骗你,因为我没见过像你这样好骗的人。你既不懂女人的心思,又很固执神经质,对曾杰也怀着恶意,实在是个完美人选……"

杨正辉的鼻头肉眼可见地红了,他用手扶着额头,感觉自己下一秒就要倒下去。

"你杀害曾杰,是因为恨他吗?"李德插嘴问。

"是啊,不然呢?"白晓铃苦笑着,"曾经,我对爱情是怀着多么美好的向往啊。可是,那个男人骗了我,他说只爱我一个人,结果呢,他毁了我们的爱情。仅仅结婚不久就在外花天酒地,哪个女人能忍受?我自己的条件根本不差,从小到大都是要什么有什么,嫁给一穷二白的他已经是委屈了,我对他唯一的要求就是专一,可为什么连这么简单的事都做不到?他怎么能这样辜负我?我怎么能忍受他?况且,他还有性无能的问题……不知什么时候起,我感觉自己受够了……大概是在三年前,我提出想跟他和平离婚,但他怎么也不肯,大概是害怕离婚之后找不到比我更好的女人,也害怕他那个性无能的秘密泄露出去吧……可是,他一边跟我保证会和外面的女人切断来往,一边从未停止过在外面花天酒地,因为他实在是太自卑又太敏感了。性无能这件事简直把他变成了一个神经病,他甚至跟我说,他认为像他这样优秀的男人,如果不在外面有一两个女人,别人肯定会觉得他有问题。所以他既不肯放我走,又不肯对我保持专一,你们说好笑不好笑?他非要这样拖累我,那么我也没有办法,我只有让他去死了……"

她坦诚地承认了。

"唉……其实我就不懂了。"旁边的王越峰听完后也插嘴说,"你先前也说了,你知道曾杰在性的方面完全不行,那他的出轨……其实也不能算吧……"

"呵,警官,那你就错了。"白晓铃又哼了一声,"你不是女人,你不会懂一个女人在感情中的洁癖,肉体也好,精神也罢,我不能忍受我的丈夫对我有一丝一毫的不忠!既然他说只爱我一个,那他就应该做到。否则,一开始就不要给我那样的承诺……是他自己自取灭亡!"

"那他工作室的火灾……"李德问。

"是我为了烧死他而放的。"

她竟然连这个也交代了。

疏忽

"我恨他，我想他死，所以我放了火。当天晚上聚会时，我假意上楼睡觉，实则躲在三楼，我知道曾杰的习惯，他待人接物很周到，以他的性格，一定会去送朋友们离开。于是，等到他们都走了后，我悄悄去到二楼，将二楼的炭火盆挪移到沙发边，做完这一切后，我就离开了那里……没想到，他竟然没有死，逃过一劫……"

"那他知道是你移动了炭火盆吗？"

"可能猜到了吧，我不确定。不过，火灾之后他确实收敛了一阵，我当时还天真地想，如果他肯就这样改过，我也会不计较地继续跟他在一起。可惜，天有不测风云，不知道是不是上天对我的惩罚，我在一次去医院的路上遭遇车祸，成了一个残废。然而讽刺的是，见我成了残废，他竟然动了和我离婚的念头，多么可笑啊，警官，你们说是不是，我不在意他身上的缺陷，他却因为我坐了轮椅想甩掉我？我怎么会这么容易让他如愿？于是我反过来威胁他，要是他跟我离婚，我就将他的病昭告天下。这个威胁起了作用，他那么好面子又追求完美的一个人，当然怕毁了自己的形象。那之后，他没再提过和我离婚的事……可是，我渐渐发现，他又在外面开始了。他找了一个情妇，是草容大学校长的女儿，偏偏这个时候一直在给他治性无能的医生告诉我，说现在有一种新式的疗法，曾杰的病也许可以治愈……这对我无疑是天大的打击。我想，如果曾杰能治愈，不出意外，等到他成功治好了病，他就会一脚把我踢开……没错，他或许还有修复缺陷的机会，而我要永远坐在轮椅上了……想到这些，我就更加恨他了……让他去死的念头，也再一次回到了我脑子里……也就是那个时候起，我开始去健身房锻炼身体。其实那个时候我并没有想出什么杀人计划，我去健身，是想自己尝试一下，我的腿还有没有可能站起来。因为我知道，要想像之前一样，再制造一场让曾杰死的意外，我这样一具坐在轮椅上的身体很难完成。但是，事实证明，我的腿真的像医生说的一样，完全没有办法再恢复了。但也就是在走投无路的时候，我突然想到，如果，我不制造意外呢？我就直截了当地杀死他呢？这似乎是不现实的事，我是一个柔弱瘫腿的女人，曾杰则是个正常体格的男人，可如果我能成功呢？就像那些去健身房的人想不到残疾人还可以去健身一样，一般人也不会想到，一个残疾的女人可以杀死一个男人吧……我意识到了，原来我坐轮椅这件事，无形中可以利用。我只需要让自己变得更强壮，强壮得超过曾杰。自然，这或许需要很长的时间，并且，我也不能让曾杰发现我在锻炼身体。好在，那个健身房附近有一家书店，每次出门，我就告诉曾杰我会去那里看书，为了不让他怀疑，我故意每天都发信息给他，也会真的在离开健身房后，去那里待上两三个小时，一来可以让自己稍作休息，二来，那里有空调，天气热时出的汗，也能在那儿被吹干……"

她原原本本地讲述了所有经过，病房里的三个男人都认真地听着。

"后来，我在那间书店里遇到了你。"她说着看着脸色灰暗的杨正辉，"再后来的事，你们都知道了。"

"那个旅馆的晚上，到底是怎么回事？"李德问。

"那天晚上的事我没有骗你们，当天晚上曾杰确实在半夜醒过来，因为我一直躲着不出门，他没办法害我，气急败坏也是事实。只是有一点不同，当我们发生争执后，是我先拿起水果刀，刺入了他的心脏……接着我同他争斗，滚落床下，我继续用刀刺向他的上腹和中腹，我知道那些地方都是人体死穴……"

"那把匕首呢？"

"是我准备的。在出发之前我就买好了，我从杨正辉那里知道了曾杰可能想在旅行中谋害我，便意识到那是一个机会。那天晚上，是我将匕首放在我的枕头下，我的本意是用水果刀杀死曾杰后，再用匕首刺伤自己。但当我和曾杰争执时，枕头被掀开，曾杰顺手拿起了那把匕首跟我搏斗……"

似乎一切都同李德推论的无误。

"那么，你先前为什么要故意说你的腿是在火灾中受伤的呢？"

"那是因为我以为你们不会去调查那么久远的事。没想到……是我失算了。"对于这一点，她也做了解释。

李德皱了皱眉毛，眯起眼睛。

白晓铃这么坦诚的态度，是李德没预料到的，他以为，按照白晓铃的性格，应该会多番狡辩才是。李德甚至已经假设了一番应当如何同她辩驳，但此时都没有用上。

可能，是见铁证如山，没有退路，索性自己主动坦承吧。

李德没有想太多。

"那……那刘薇，我未婚妻……"杨正辉终于再次说话了，他含着眼泪问。

"你未婚妻的事……我是真的不知道,曾杰在外面有很多女人……对不起。"白晓铃淡淡地道歉。

"不过都到这个时候了,你再纠结这些有什么用呢?"病床上的她继续说,"如果你未婚妻的死真的和我老公有关系,他现在也死了,你放下仇恨吧。"

放下仇恨……白晓铃竟然再一次对杨正辉说了这种话。

"你走吧,正辉。"她继续说。

也再一次地,她推开了杨正辉。

"警官,事已至此,我认罪了。你们把他带走吧,我不想见到他。"白晓铃又对两位刑警说,"是我杀了曾杰,我的确是蓄意、故意杀害曾杰的。"

就这样,她毫无保留、完完全全地招供了一切。

杨正辉最后一次见到白晓铃,是在白晓铃出院那天。

由于她已经承认了罪行,接下来她会被警方带走,继续审讯、送检、审判。一系列流水线似的程序,是她之后要走的路。

杨正辉在获得李德的同意后,那天早上,守在×医院的住院部,等他们一行人出来。

太阳当空,杨正辉穿着薄夹克,已经明显感觉到了热。他站在路边等待,看到大楼外停着的警车旁边,几个经过的路人竟然已经换上了短袖衫。

这个漫长的春天,好像是要结束了。

杨正辉看着那栋住院部大楼,感觉心情复杂。连着几天,他都没有睡好觉,此时此刻,连头脑都昏沉沉的,四周的一切都好像在缓缓流动。

251

棕 眼 之 谜

　　杨正辉真希望自己只是做了一场梦，只是在梦中遇见了一个女人，那个女人给他讲了一个离奇的爱情故事而已。

　　然而，正想着，已经看到那栋楼的入口，李德和王越峰，带着白晓铃一起出来了，一个年轻的小护士推着白晓铃的轮椅。

　　这一切都是真的。

　　出院的白晓铃看上去气色好了很多，身上的病号服也换成了她平日的打扮，薄外套，长裤子，她那头瀑布般的长发还是散开着，不施粉黛的她依然美丽。

　　杨正辉犹豫着要不要走上前，跟她做最后的告别。

　　事实上，在来医院的路上，他的心里还反复纠结着。一方面，他因被她欺骗而痛苦不堪，一方面，内心里却仍然控制不住想要跟她道别。

　　正纠结着，看见白晓铃和李德好像说了几句话，接着，她探着脖子，好像在找寻什么，下一秒，她的视线对上了杨正辉的目光。

　　杨正辉看见她摇着轮椅往自己的方向来。她身后的两位刑警没有阻止她，只是王越峰迈步，不远不近地跟着她，大概是默许她来和自己再说几句话。

　　白晓铃来到杨正辉面前，抬眼望着杨正辉。

　　杨正辉看着她，忽然意识到，即便经过了这个漫长的春天，经过她的欺骗，自己好像仍然没有办法恨她或是怨她。

　　只是，话却好像一句也说不出了。

　　"对不起。"结果，还是白晓铃先开口，"没想到，毁掉我们友谊的人，是我。"

　　"嗯。"杨正辉发出一声闷哼。

　　"可不可以告诉我，《呼啸山庄》的结局是什么？"

　　《呼啸山庄》是白晓铃在书店时一直看的外国小说。杨正辉稍稍一愣，不明白她为什么问这个。

"对不起。"她又道歉，"那本《呼啸山庄》……我只看了开头。告诉我结局是什么吧？男主角后来怎么样了？"

"后来……"杨正辉仔细回忆了一下，"故事的最后……男主角希斯克利夫在一系列疯狂的复仇计划成功实施后，依然无法获得解脱。不过最后，他还是良心发现……一个风雪之夜，终于放下了仇恨的他，呼唤着爱人的名字死去了……"

"这样啊。"白晓铃听完后，淡淡地笑了一下。

她转头看了一下站在不远处的王越峰，又回过头来说："这个结局也挺好的。"

杨正辉不知道怎么接话，只看见白晓铃的眼睛依然亮莹莹的。

"正辉，就这样吧。再见。"

她说完这句话后，摇着轮椅转身，王越峰见状，好心过来帮扶，推着白晓铃往大楼外停着的那辆警车的方向去。

大楼外的警车上，李德已经坐上了驾驶座，王越峰扶着白晓铃坐上后座，关上车门后，来到副驾驶座位上。

"白女士，我们要走了。"李德从后视镜里看着白晓铃，提醒她系好安全带。

"嗯，走吧。谢谢你们。"她点点头，为刚才的事道谢。

李德发动了车子，考虑到白晓铃刚出院，李德开得不快，车子缓缓地动起来。绕过住院部外的花坛，车子调转方向，沿着一条通往医院大门的路行驶。

从一侧的反光镜里，李德看见杨正辉还站在刚才那个地方，随着车子的前进，杨正辉变得越来越小……

再次往后视镜里瞥了一眼，白晓铃的眼皮低垂着，脸上没有表情。

因为注意力在开车上,一向细心的李德没有注意到,白晓铃低垂的眼皮下,悄无声息地滑下了几颗泪珠。

车子开出医院大门,拐了个方向进入主路,反光镜中,早已看不见杨正辉。

也是过了很久之后,李德才明白,这个顺理成章、轻松破获的案子,他并没有找到所有的真相。

在这个像拼图似的案件中,有一块,他完全疏忽了。

尾声

真相

咖啡馆里的客人比先前进来时变少了,目之所及,只能看见两三桌客人。王文雅看了看时间,不知不觉,她和对面的这个黑脸刑警,已经在这里坐了一个多小时。

在这种时机下得知了丈夫的过往,她的心情很复杂,有一些嫉妒,也有一些生气,但更多的,还是震惊和好奇。

"后来呢?"王文雅问李德,"她……白晓铃,后来怎么样了?"

"被我们带走后,估计是为了自保,她虽然承认她的确想杀丈夫,但对当天晚上的事她又改口,坚称自己是和曾杰搏斗中出于自卫才会还击。不过我们还是以故意杀人罪起诉了她,她家里为她请了辩护律师,那个辩护律师也很有一套,官司断断续续折腾了小半年,最后,因为证据并不算太充分,曾杰又确实有害她的意图,并且也拿匕首刺伤了她,法院最终还是以防卫过当、过失致人死亡罪判了她 5 年有期徒刑。"

"这样啊……"这个结局让王文雅感慨，但也算是情理中。

"不过，因为她是残疾人，律师为她申请了'监外执行'，她被派送回了原籍。"

"监外执行？"王文雅听不太懂这个名词。

"简单来讲，就是在监狱外执行刑罚，针对判处有期徒刑的罪犯，由于具有不宜收监执行的特殊原因，按照法律规定，由社区矫正机构来执行。"李德大概解释了一番，"白晓铃的双腿无法行走，生活不能自理，正是属于这种不宜收监的特殊原因之一。"

"也就是说，因为是残疾人……可以不用坐牢吗？"王文雅是第一次知道这些，她惊讶地张大了嘴。

"虽然不用坐牢，但仍然是服刑状态。不能离开社区，要定期接受教育和查问等，生活上依然是限制重重的，不是你想的那么轻松。"李德再次解释。

"可至少比坐牢好吧。这么说来，她残疾的双腿，某种程度上是救了她啊。"

"如果非要这么理解，也是成立的。"一时半会也很难再多解释，李德选择了不再争辩。

"那……她和我老公……没有再见过面了吗？"

"没有。"

王文雅端起面前的咖啡喝了一口，咖啡已经彻底凉透了，非常涩口。

可是，不知道为何，听完整个故事，王文雅总觉得好像有什么地方很奇怪，但她又说不上来。

"其实，关于这件事，我还有另一个想法，是我之后才想明白的。"李德又说。

"什么？"王文雅放下不好喝的咖啡。

棕眼之谜

"我前两年读到一本陶瓷鉴赏书,上面刚好有一篇专门讲'棕眼'的文章,文章里说,虽然'棕眼'是一个会让瓷器变为次品的瑕疵,但在宋代的时候,由于烧制技术原因,宋瓷中的'棕眼'很常见,在现在对宋瓷的鉴定中,'棕眼'反而成为了重要的标准……"

"哦?"王文雅应了一声,通过刚才李德讲的那些往事,她已经知道"棕眼"这个比喻,但还是不明白李德的意思。

"我的意思是,如你刚才说的一样,白晓铃的残疾虽然让她不能走路,但在这件事上被她利用起来了。在一些条件下,看似是缺陷的东西,反而能转化为优势。事实上白晓铃的犯罪计划也是这样的,她利用她的'棕眼',让杨正辉对她产生同情,也让其他人同情她……这一点后来她自己也承认了……但是,前段时间我忽然想到,有没有另一种可能,是我们都被她骗了,其实,她真正的目的就是监外执行呢?"

"我觉得,她有可能一开始就知道,残疾的自己在法律上会受到某种程度的'保护',她身上的'棕眼',在杀人这件事上,完全可以利用起来。可以让她自己免于牢狱……所以,她选择了最直接的杀人方式,而不是制造意外……"

会是这样吗?王文雅听着,转了转眼珠。

不,她想,不是这样。

有什么地方不对劲,但不是这里,另外有一个地方……很别扭。

"等一下,李警官。我觉得有个地方说不通。"王文雅终于犹豫着打断李德说,"如果……白晓铃真的那么恨曾杰,一直在处心积虑想要曾杰死……可是,她何苦要自己动手呢?就算她之前一直在计划着杀曾杰,可她遇到正辉的时候,正辉不是也对曾杰怀着强烈的仇恨,想杀死曾杰吗?那她直接想个方法煽动正辉动手不就行了吗?你刚才也说,她后来为了自保改口对吧,那她干吗不一开始就选择更轻松、更能脱罪的方式杀曾杰呢？就比如说，直接告诉正辉，他未婚妻的死就是曾杰做的……类似的……为什么她不那样做，反而还哭求正辉不要伤害曾杰呢？而且最后她还是在那个旅馆里用了那种方式杀人……说到底，曾杰毕竟是个男人啊，就算她为了杀曾杰一直在锻炼身体，可她那样杀死曾杰，说白了在以命相搏，而且，之后还要想尽办法来脱罪，这是有很大风险的啊……"

王文雅的思绪有些乱，因而说得断断续续，担心李德听不明白，她又重申了一遍："明明有更轻松的方法为什么她不选呢？为什么她非要自己动手？而不是煽动正辉去杀曾杰呢？"

"你说得很对。让正辉去杀人的确会更容易，她也更能全身而退。"李德听懂了她的意思，也承认道，"可偏偏就是这么明显不对劲的地方，我们当时没有一个人注意到。可能，也同我自己没有多少恋爱经验有关。如果当时办案时有个女刑警在，或许一切又会不同……"

王文雅看见李德好像在叹气，但他那张黝黑的脸似乎天生利于隐藏情绪，王文雅不确定自己判断得对不对。

"这个问题的答案很简单。"李德继续说，"她这种矛盾的做法，我想只有一个原因……我觉得，同白晓铃一直的表现相反，其实……她是喜欢正辉的。"

"什么？"王文雅又一次迷惑了。

"我一直以为白晓铃的案子是一部推理小说，没想到，实际上却是一个爱情故事……正是因为她喜欢正辉，不，或者说，她是深深地爱着正辉，她才不愿意让正辉参与到这件事中来，如我刚才所说，我怀疑她的目的一直是'监外执行'。因此，她应该是知道，身有残疾的自己如果杀了人，在法律上是可以得到一定的减刑的。但是，如果是完全正常的正辉去杀人呢？等待正辉的会是什么呢？一定是会比'监外执行'更

259

严重的后果吧。甚至，会演变成什么样根本无法预料……也就是说，她是代替正辉行动了。她杀害曾杰，或许是如她所说，她恨曾杰，想要曾杰死，但从她反复推开正辉这一点来看，我认为还有一个隐藏的原因是，她对正辉的爱……她是爱着正辉的，爱着正辉的她，'代替'了正辉，杀死曾杰……"

李德的语气很平缓，却无形中给了王文雅深深的冲击，她觉得心中好像被什么东西猛地撞了一下。

"这……这可能吗？"

"当然，这是我的一种猜测……"李德继续说着，"可是，我偶尔会想起，当我询问她坐轮椅的原因的时候，她故意撒谎是火灾导致的这件事。可能是我的心理作用，我感觉那个明显的谎言也是她故意的，为的是引导我去曾杰的工作室，发现那些人体解构书，好让正辉完全从这件事中脱离出去。甚至她一次次的哭求和拒绝，都是不希望正辉参与进来……自然，这也可能是我多心了……总之，在爱情的迷局里，或许最难猜测的就是一个女人的心意吧，就像白晓铃对曾杰的恨一直隐藏着一样。说不定她对正辉也是这样呢？真实想法，可能只有她自己才清楚……"

王文雅听着，深深地吸了一口气，努力平复自己的心情。

的确，爱情的迷局里，最难猜的是女人的心意。

她不禁想起，曾经，在遇到杨正辉之前，她仅有过的那次失败的恋情，她还记得分手是自己先主动提出来的，但事实上，那个时候的自己根本不想分手，只是希望对方能挽留自己。然而，那个低情商的恋人根本理解不到自己的这些心思。

在女人深沉敏感、故布疑阵的恋爱游戏中，大多数男人都蠢钝得如同三岁小孩。这是王文雅后来才明白的道理。

王文雅在脑子里想象着白晓铃的情况，尝试去破解白晓铃的心意。

是啊，什么样的情况下，一个女人会想要离开自己的丈夫呢？除了不再对丈夫有爱以外，大概率，是因为爱上了别人。

王文雅又陷入了沉默，先前内心的嫉妒、不易察觉的醋意都统统消失了，转化成了她自己也难以解释的情绪。

这时，听李德讲述时一直在脑海里想象着的那个形象越来越清晰了，她甚至觉得好像看见白晓铃就在自己眼前，就在这间咖啡馆里。

想象中的白晓铃，正含着泪光，坐在轮椅上，从不远处的位置，看向她和李德的方向。她好像是在微笑着，却似乎又被一股哀愁的情绪笼罩着。

可能，白晓铃不是在看他们，她目光中的人不是王文雅和李德，而是不知道真相也不懂她心意的杨正辉。

想象中的形象静静地坐了一会儿后，又一言不发地默默转身，摇着轮椅远去，就像刚才李德所讲的，白晓铃最后一次和杨正辉见面时那样。

她真的深爱着杨正辉吗？

王文雅盯着假想的背影，还是觉得震惊和难以相信。

不过，她觉得自己有一点理解了白晓铃对杨正辉的一次次拒绝。

因为正如李德所说，白晓铃和杨正辉间，是一个爱情故事，一个不该发生的爱情故事。

他们两人相遇的时机完全是错误的，一个被丈夫囚困，一个被仇恨蒙蔽心智……他们的立场也不能相容，一个是仇人的妻子，一个是疯狂的复仇者。

所以，如果白晓铃真的对杨正辉心存爱意，她不能说出口，也没办法说出口。

可能，她真的在心底深藏了一份隐晦而浓烈的爱意……

王文雅闭了闭眼,或许是这两日没有休息好,她开始觉得头疼,又沉默了一会儿后,她接着整理思绪,问李德:"那这些事是什么时候的事呢?我是说,白晓铃和正辉相遇的时间……"

"算一下的话,今年是白女士服刑的第五年。"

原来如此啊。

王文雅想,怪不得丈夫会出车祸。

"你那天来我家,是跟正辉说了这些事,对吧?"王文雅向李德确认。

李德点头。

这下子,所有的谜团都解开了。王文雅揉着发胀的太阳穴。

知道了这些事的丈夫是什么样的心情呢?她想起丈夫看到自己拿出那个盘子后大喊大叫又摔门而去的情景。

丈夫的心中,或许也万分震动吧,如果当时那么奋力想要救的女人,那么讨厌自己的女人,将他的心狠狠伤透的女人,实际上深深地爱着他。这该是多么讽刺啊。

所以,他才在那样情绪不稳定的情况下开车外出,遭遇意外……

很明显,这说明丈夫的心中仍然没有忘记白晓铃,对白晓铃的事也没有释怀,否则,他不会留着那些东西,也不会对毫不知情的自己发脾气,他一定是觉得自己辜负了白晓铃吧……

王文雅脑袋里一片混乱,想着想着又莫名感到心酸起来。

"不过,我不是因为这件事来找他的。"

好在,李德的声音将王文雅拉回现实。

"我来找他,是因为前不久我得到消息,白晓铃去世了。"李德说。

"什么?"王文雅感觉头上好似有一道闪电,击中了自己。

"白晓铃这几年一直在她老家的社区服刑,前段时间,那个地方发生了一场小地震,对西南地区来说,实在是算不上太大的地震,但是,因为她腿脚不便,住在一栋老房子的一楼,那栋房子塌了,而腿脚不便的她……没有跑出来,她是那场地震中唯一的逝者。"

突然的消息,再次让王文雅浑身战栗。

心意

昏迷了三天后,杨正辉醒了过来。

睁开眼的时候,模模糊糊看到的是一片白色,用力仔细看,发现原来是天花板,只是不知怎么回事,上面挂了一盏吊扇。

家里什么时候装了这种东西?

正疑惑着,转了一下脑袋,感觉脖子也很疼,不过,更疼的还是头。

他听见一个声音在叫他:"老公?老公?你醒了吗?"

那个声音好像很激动,在杨正辉听来,有些刺耳。

下一秒,一张憔悴的女人的脸,突然出现在自己的视线内。

原来,是妻子啊。

杨正辉认出了王文雅,不过,他仍然觉得好累,好困,关键是,头太疼了。

接着,他又睡了过去。

这一次睡过去,他做了一场梦,梦里的他在一家书店里,四周都是高高的书架,像是一个找不到出口的大迷宫,他在书架间反复地走、穿行,好像是在寻找什么,或者说,他意识到自己是在寻找什么。

可究竟是什么呢?

他绕过一个又一个书架,转了好多圈,突然,一束光照了过来,杨正辉看到了一扇窗户,窗户边,有一个女人坐着,不过,因为逆光,他看不见女人的模样,只能看见女人的浓黑长发披散着。

"薇薇……"梦中的杨正辉叫出了声,不过,他很快明白,自己叫错人了。

那个女人坐的是一把轮椅啊。

"晓铃……是你吗?晓铃?"

杨正辉呼喊着心中的名字,朝窗户边的女人奔去。还没来得及走到她面前,他感觉自己的身体猛地抽搐了一下。

他再次清醒了。

这一次,他感觉头没有那么疼了,环视一圈,也终于弄清楚了状况。

头顶上的吊扇不是家里新装的,他根本不在家,他躺着的地方是医院的病床上。而他的病床边,陪伴在他身边的女人,不是刘薇,也不是白晓铃,是王文雅。

王文雅趴在自己床边睡着了,她睡得好像很沉,脸色苍白,眼眶也青黑着。她的一只手还握着自己的手。

看到这一幕,杨正辉终于想起来,自己是怎么会来到这儿的。

是见到李德的那天,那个高个子刑警带来了一个晴天霹雳般的消息。他同李德争辩了一阵,不欢而散。后来妻子回来了,他发现妻子竟然好巧不巧地拿出了那个盘子。于是他又冲妻子发了火,负气出门。

他开着车在城里乱转,不知道要去哪里,脑子很乱,想着李德告诉他的那些事。

他根本无法相信。

乱开了一阵车,他想再去找李德理论,可是李德是被他赶走的,他连个电话号码都没问李德要。他只好开车去李德说的草容一分局碰碰运气。

自然,无功而返。

就是在从一分局离开后,心情烦躁的他越开越快,根本没有注意到自己超速,等他反应过来的时候,已经来不及了⋯⋯

思绪正游离着,杨正辉感觉自己的手被扯了一下,回过神来,发现是妻子睡醒了。

妻子揉了揉眼,淡淡地叫他:"老公。"

杨正辉想回答她,但是感觉喉咙干涩得厉害,难以发出声音。

"感觉怎么样?"王文雅问他。

他只好用力地点头,又看见王文雅的眼眶一下子通红,喜极而泣,唰唰地落泪。

杨正辉也下意识对妻子挤出笑容。

之后的两天,杨正辉虽然躺在床上,但仍然觉得很忙。

有很多人来看他,大学里的同事、自己的学生,亲戚朋友等,他们大多带着鲜花或水果,来到病房里,说着大同小异的问候话。

大部分时间,杨正辉都没有听他们在说什么,只是时不时地嗯哼两声。好在来客们也理解他的情况,几乎无一例外地,都是拉着妻子寒暄。

第三天的时候,李德也来了,他提着一篮苹果,依然穿着便装。

在杨正辉眼中,李德是个完完全全的不速之客。杨正辉故意将头转过去,不搭理李德。

李德跟王文雅招呼两句,将那篮苹果放在杨正辉的床头,问:"应该已经好些了吧?"

"嗯。"杨正辉闷哼一声，也不回头。

李德明显察觉到自己不受欢迎，他也没再多问，又象征性地坐了一会儿后便提出要离开。整个过程中，他完全没有提及杨正辉出车祸前，他对杨正辉说的那些事。

王文雅见李德要走，很客气地提出要送他，两人一同出了病房。

屋里没人了，杨正辉才转过头去，盯着开启的病房门。他觉得有些不对，这些天来了这么多客人，离开时妻子都是礼貌地客套几句，怎么唯独要送李德呢？

看刚才他俩好像很熟悉的样子，难不成，是王文雅已经知道了那些事？

这似乎很有可能，毕竟自己昏迷了这么多天，按照妻子的性格，她一定会对李德盘问一番的。

杨正辉不禁叹气。

正想着，王文雅又回来了，大概，她只是把李德送到了电梯口。

"老婆。"杨正辉想了想，叫她。

如果她已经知道了，那自己也不该瞒着她了。

"嗯？"王文雅来到杨正辉跟前。

"对不起。"

"干吗说这种话……"

"是我不好……"杨正辉努力从床上坐起来，打算跟妻子坦白，"那天，不该跟你发火。其实……"

"我都知道了，你别说了。以前的事，让它过去吧。"

没承想，王文雅打断了他，像是为了堵住他的嘴，马上去削了一个苹果递给他。

又过去一段时间，杨正辉出院了。

这次车祸很幸运，没有留下什么外伤。但是医生建议他在家多休养，王文雅也坚持暂时不让他去上班，于是，他只好向 a 大学那边延长休假，每天窝在家里看看书，帮学生改改论文。

这期间，本来就不活泼的他变得比平常更加沉默。大多数时候，他都闷着头做事，王文雅过来跟他说话，他也只是不在意地随便应几声。

偶尔，他也会突然停下手上的事，茫然地盯着窗户外面几乎一成不变的风景。

他这样的状态不免让王文雅担心，却也没有办法。

直到某一天，王文雅看见杨正辉突然又开始整理起了东西，甚至，他从书柜里，把那个"秘密"的箱子搬了出来。

箱子里面，那个青花瓷盘还在最上面放着，是王文雅趁杨正辉住院期间放回去的。

"这些东西，我准备丢掉了。"杨正辉对妻子说。

王文雅吓了一跳，见到丈夫突然这样做，她不知道怎么反应。

事实上，知道了杨正辉的过去，王文雅觉得她能够接受这一箱象征着丈夫过去的东西，再者，看丈夫近日魂不守舍的模样，她完全不想再逼迫丈夫。

"你要是想留着，留着也可以。"王文雅说。

"不，你说得对，都是过去的事了，没必要抓着不放。"

"你想清楚了？"

杨正辉点头。

杨正辉将那个箱子重新合上，和王文雅一起下楼，将它丢在了楼下的垃圾桶里。

天气很热，垃圾桶边散发着不好闻的臭味。附近不远的地方，有几个小孩子在花坛边玩滑板。

"回去吧。"王文雅捂着鼻子对丈夫说。

"我想出去走走。"

"啊?"

"在家里待了这么多天,太闷了。"杨正辉说。

"那我陪你。"

"不,我想自己走走。"

"可是……"话虽如此,王文雅仍然没法放心,毕竟,上一次他独自出门的结果,是差点变成植物人。

"没关系,我只是去外面逛逛。"杨正辉看穿了妻子的担忧。

他本来牵着王文雅的手,这时,他用力捏紧了王文雅的手,大拇指在王文雅的手背上搓动。

"那……你注意安全。"王文雅知道拗不过丈夫,还是答应了。

杨正辉别过妻子,从小区里的一条小路上出去,在外面的路上打了一辆出租车。

"帅哥,往哪儿去啊?"上车后,出租车司机问他。

"随便开吧。"

"啊?"司机一愣。

"嗯,你随便开,到哪儿都行。"杨正辉说。

司机努努嘴,从后视镜里看了一眼杨正辉,模糊的感觉,这个人好像很失意。司机不好多问,就按照他说的,启动车子,在城里漫无目的地转悠。

其实,杨正辉的确不知道该去哪里。他只是觉得心里很乱,想出来散散心。

这些天,他努力不去想白晓铃,但越是努力控制,越是会不停地想她。

更加要命的是，除了想白晓铃之外，他越发觉得对王文雅愧疚。

他知道自己是爱王文雅的，白晓铃也早就是过去式，不管怎样，应该翻篇才是。

只是，控制不住地觉得难过。

可能，还是怪那个高个子的黑脸警察吧，他带来了白晓铃死亡的消息，让自己原本平静的生活掀起了飓风。

出租车一直匀速前行着，窗外闪动着草容市车水马龙的风景。杨正辉没有心思欣赏，也不在意这辆车要去哪里，等他回过神来时，他发现不知不觉间，这辆车来到了一个有些熟悉又陌生的地方——草容大学城南校区的美食街附近。

"师傅！"杨正辉对着前排叫道，"停一下车吧。"

司机将车停在路边，杨正辉走下去，拐到那条美食街上。

这个时间是学校的上课时间，这里没多少人，冷冷清清的，杨正辉在街上漫无目的地走着。

好几年没来过这里，一些记忆中的商店已经没有了，换成了陌生的招牌。

不过，那家书店还在，招牌上"××书店"的红漆有些剥落。

杨正辉往那个方向去，走到书店的橱窗前时，看到橱窗玻璃映着自己的影子——穿着衬衫和长裤，头发上打着发胶，一丝不苟。

他意识到，现在这副形象，其实和以前的曾杰有点像。这是他有意为之的，和白晓铃分别后，他努力地让自己变成一个"精致"的男人，大概，或许是内心里觉得，如果自己一早就是这样的形象，白晓铃那时或许也会多少有一点喜欢自己吧。

可是，讽刺的是，李德上次还告诉他，白晓铃那时是喜欢他且深爱着他的。

这可能吗？

有关这一点，杨正辉依然怀疑着。

从前那个灰头土脸的自己，白晓铃真的会喜欢吗？她不是一次又一次地拒绝了自己吗？怎么可能是爱自己的，还要替自己去杀曾杰呢？

即便是身为当事人的他，也宁愿相信白晓铃是恨曾杰入骨利用自己，也不愿相信她实际上对自己怀着爱意。如果她真爱着自己，她完全可以跟自己坦承，不用走到为自己杀人的那一步啊。

可是，她真的可以吗？

杨正辉回忆着那时疯狂的自己，重重叹气。

没错，他那个时候的确恨曾杰恨得发疯，刘薇的事是他心头解不开的疙瘩，他也确实想过要杀死曾杰，这种心情他更是毫无保留地同白晓铃袒露过。

是自己的仇恨，阻挠了她表达爱意吗？是自己那始终无法释怀的恨推着她最终做了那样的选择吗？

所以，她才总是劝自己，要放下对曾杰的仇恨？

杨正辉想着这些，无意识地已经踏进了书店。门口的店员喊了一句"欢迎光临"。杨正辉回过神看了一眼，店员也换成了更年轻的陌生面孔。

不，还是无法相信。他坚定地告诉自己，没有任何证据能证明白晓铃喜欢自己。再说，感情这种事要怎么证明呢？

说来说去，那个黑脸刑警不过是因为"监外执行"这种刑罚制度在胡乱猜测，可白晓铃一个普通人，怎么可能知道法律上有这种制度呢？跟白晓铃分别后，杨正辉就对她死了心，但她的案子还是无意中在新闻上读到过。"监外执行"这种事，不用想，肯定是专业律师的提议。

那个黑脸刑警的判断是错误的。

一边想着，一边在几个书架间穿行，店里的陈设完全没有改变，杨正辉很快来到从前和白晓铃常常碰面的地方——那扇落地窗玻璃前。

那个时候，白晓铃常坐在那个位置看书，夕阳斜射过来，她瀑布似的头发随意散着。杨正辉还记得，和自己相遇的那段时间里，她一直在看英国作家艾米莉·勃朗特的《呼啸山庄》。

杨正辉转头，下意识在身旁的书架上寻找着那本书，那个书架是外国小说专区，井然有序地码放着颜色不一的书。

这时，杨正辉的视线一转，突然愣住了。

在书店明晃晃的灯光下，杨正辉感觉自己的身体顷刻间像灌进了一吨重的铅，完全动弹不得。连带着，呼吸都变得急促而沉重，仿佛要窒息。

耳旁，嗡嗡地响起了最后一次见面时白晓铃那些莫名其妙的话：

"对不起，没想到，毁掉我们友谊的人，是我。"

"对不起，《呼啸山庄》……我只看了开头……"

就在杨正辉瞪大了眼睛注视着的地方，就在外国小说书架的旁边，同样深褐色的书架上，整整齐齐摆放着的，全部是相同的、刺眼的、他却从未注意到的红色封皮书籍。

那是整排整排的法律书。